Xavier de Moulins

Ce parfait ciel bleu

Du même auteur

UN COUP À PRENDRE, roman, *Au diable vauvert*

ISBN : 978-2-84626-400-6

Au diable vauvert
www.audiable.com
La Laune 30600 Vauvert

Catalogue disponible sur demande
contact@audiable.com

À mes filles : Gaïa-Lou, Tosca et Bianca

« Ce parfum de nos années mortes
Ceux qui peuvent frapper à ta porte
Infinité de destins
On en pose un, qu'est-ce qu'on retient ? »

Noir Désir, *Le vent nous portera*

1

L'établissement est une ancienne ferme plantée au milieu d'un champ, juste à la sortie de la ville. Des pommiers glandent au milieu de l'espace vert bien taillé. Un jardinier ramasse les fruits. Les pensionnaires n'ont pas le droit d'y toucher pour des raisons d'hygiène et de sécurité. De toute façon, la majorité ne peut plus se baisser pour les ramasser, sauf ceux qui vivent déjà pliés en deux mais ceux-là n'ont pas très envie d'attraper des pommes. Et puis, ce n'est pas bon pour ce qu'ils ont.

Une fois, à trop croquer le fruit défendu, un pensionnaire a chopé la chiasse et tout le monde s'est moqué de lui quand il s'est fait dessus liquide, dans l'ascenseur. Ça a coulé sur ses pantoufles et il est reparti la morve au nez en chialant, de honte et de solitude, une main tremblante sur la rampe, l'autre sur son dentier.

Un mur d'enceinte encercle la propriété.

La bâtisse forme un L, les chambres courent sur trois étages.

Les deux premiers sont pour les résidents encore en état de marche, capables de se déplacer même en fauteuil, de tenir une fourchette (quitte à en foutre la moitié par terre), d'être propres au lit (quitte à s'oublier parfois), et de tenir une conversation (quitte à oublier les questions ou à faire répéter les réponses une bonne vingtaine de fois à cinq minutes d'intervalle).

Le dernier étage est pour les autres. Les bons à rien. Ceux qui ne savent plus qui ils sont, en mettent partout, ont besoin d'assistance pour se laver et faire pipi, ceux qu'il faut surveiller pour éviter qu'ils mangent leur caca. Ceux qui crient, pleurent, grognent, gémissent, hurlent, mordent, en proie à des visions jusqu'à la démence la plus animale.

Le troisième, un étage fermé où personne n'entre sans autorisation, badge magnétique, compétence et tranquillisants pour débrancher encore davantage tous ces disques durs cramés par l'épreuve du temps. En général les parias du troisième n'ont plus jamais de visites, ils vivent dans l'antichambre du paradis, en enfer précisément, reclus, les yeux dans le vague, dépendants comme des nouveaux-nés. Même quand leurs pyjamas sortent de la machine à laver, ils semblent sales. Les résidents du troisième sont seuls comme des rats.

On arrive aux chambres par deux ascenseurs, ils desservent directement le hall d'entrée, et le réfectoire se trouve derrière la salle d'activités. Le coin lecture est à côté d'une pièce toujours sombre réservée à la télévision. Ladite télévision est un écran de cinéma avec de lourdes enceintes pour que tout le monde puisse bien voir et entendre Julien Lepers ou des films et des documentaires.

Je ne sais qui décide de la programmation.

Je sais en revanche que la salle de télévision est un modèle de gérontechnologie. Un espace truffé de gadgets où, pour donner l'air moderne aux anciens, on leur apprend le maniement des armes d'aujourd'hui, téléphones portables à grosses touches, tablettes tactiles, surf sur internet, envoi de courrier électronique, jeux vidéo pour assouplir les vieilles choses, soigner leur arthrose et dégourdir leurs prothèses.

Ce genre d'initiative énerve beaucoup ma grand-mère. Elle déteste devoir se rendre une fois par semaine à l'atelier Wii, même si ces derniers temps ça va mieux parce qu'elle a terriblement progressé au bowling virtuel grâce à mes conseils, et surtout à ceux de son voisin de chambre. Tout le monde l'appelle « la vipère » car il aime bien donner son avis sur tout, c'est la commère de la résidence, une langue de pute bien pendue. Il se déplace toujours avec un petit cahier d'écolier à spirale et prend des notes d'une écriture illisible, fine et penchée. Chaque fois, c'est plus fort que lui, il faut qu'il enfile sa culotte de golf pour faire le beau devant la console.

— Toutes les quilles d'un coup, tu te rends compte ? J'ai trouvé ça épatant.

Ma grand-mère est fière de son strike, elle a vu des confettis clignoter sur l'écran.

J'ai souri en l'écoutant me raconter sa qualification pour les demi-finales du tournoi organisé par sa maison de retraite. Mais depuis son élimination dans la foulée par sa grande rivale, Ginette Turin, elle trouve ça complètement débile de jouer à tirer sur des quilles qui n'existent pas avec une manette savonnette qui glisse des mains pour soi-disant capter vos mouvements.

À 88 ans, Mouna en est au moins à sa septième vie, mais maintenant, elle le sait, elle ne sera jamais championne de jeu vidéo à la Résidence des Lilas.

Lors de ma dernière visite, un troisième bâtiment était en construction pour alléger un peu la liste d'attente qui s'étend sur trois ans. Oui, il faut attendre trois ans avant qu'une place ne se libère et qu'on puisse décrocher son rond de serviette. Les pensionnaires ne sortent d'ici que les pieds devant, c'est leur dernière étape avant l'épitaphe.

Délicat, le personnel évite soigneusement de sortir les cadavres aux heures ouvrables, pour ne pas choquer la sensibilité des plus jeunes.

S'inscrire dans un tel lieu nécessite donc un certain sens de l'anticipation.

Comme on inscrit son môme à la crèche avant même de l'avoir conçu, la Résidence des Lilas propose aux familles un système de préinscription avant la chute dans l'escalier et la fracture du col du fémur. En général, c'est elle qui annonce qu'un mur de pierre va prochainement obscurcir l'horizon.

Le premier jour, j'ai demandé au directeur à quoi servaient les tessons de bouteille plantés tout du long et où étaient cachés les barbelés.

Sans se démonter, il m'a expliqué que les morceaux de verre collés dans la pierre faisaient office de barbelés et qu'il trouvait qu'ils se fondaient mieux dans le paysage qu'une clôture.

— Et les clôtures ça rouille.

J'en ai rajouté une couche.

— Et puis les miradors, c'est bon, ils ont déjà donné.

— Ça n'a rien à voir, cher Monsieur. Mais notre établissement se doit d'assurer la sécurité de ses hôtes.

Voilà pourquoi le rempart et ses pointes de verre, pour empêcher les pigeons de venir faire leur nid et les vieux de se faire la belle. Les vieux vivant dans ce genre d'enclos sont des pigeons aux ailes cassées. Ils ne risquent pas de fuir, ils sont au pied du mur. Ils ont quand même de la chance de pouvoir encore marcher dans l'herbe fraîche.

2

À l'intérieur la foule ressemble à une mêlée du XV de France. Au centre des débats, la nef prend des allures de tribune présidentielle : hippodrome un jour de Grand Prix. Les VIP sont habillés de costumes chers et de robes hors de prix.

Une Mme Balmain et un M. Saint Laurent, un enfant Paul Smith et une miss Armani, une famille Ralph Lauren. Une grande célibataire en Zadig et Voltaire m'évoque une sauterelle verte. Elle épie du coin de l'œil une veste de Fursac à col châle, il tient par la main une robe Chloé blanc cassé perchée sur des talons Miou-Miou, un minisac Prada pendouille à son bras bronzé.

Ce n'est plus une église, c'est un dépôt-vente.

Le soleil transperce les vitraux, la lance du soldat aussi. Elle ouvre le flanc de Jésus en deux sur le tableau du chemin de croix à la douzième station, exactement.

Le Messie crucifié me fait maintenant face, je peine à fixer son regard à cause des poils blonds qui scintillent dans le bronzage de la fille multimarque. Ils me déconcentrent et je suis du genre à me laisser distraire.

Le clou du spectacle se joue à quelques têtes chapeautées de là, sept mètres à vol de voyeur : en plein chœur.

Derrière l'autel, le curé, teint hâlé, la cinquantaine conquérante, blanchi sous le harnois, l'œil qui frise typique des vieux brisquards, ressemble à une rock-star.

Il prêche, sermonne, pontifie et, dans la dernière ligne droite, heureux comme un pape, aux lèvres un large sourire un peu blanchi par la salive à la commissure gauche, il finit par bénir la nouvelle union derrière ses lunettes carrées à verres antireflet.

Pour cette peine, il fait le tour de l'autel et descend d'un pas sûr les trois marches avant de venir prendre position pour le final, miraculeusement suivi dans son show par ce putain de soleil. Ses rayons défoncent les vitraux et viennent éclairer la scène, pile au moment de la bénédiction des époux.

Alice a fait l'économie d'un voile.

Elle a choisi une robe fourreau esprit sablier, le choix des femmes aux courbes prononcées et à la taille fine. Les lignes sont pures, la dentelle douce.

La robe lui laisse le dos à l'air et s'ouvre en V pour offrir à l'assistance les formes subtiles de ses omoplates. La toilette descend en jupe droite et moulage parfait puis s'évase vers le bas, recouvre ses pieds fins, dissimule ses souliers de petite princesse naïve et un peu sotte, emportée par la force du grand jour.

C'est la seconde fois qu'Alice convole. La première c'était il y a onze ans avec moi, mais à la mairie. Cette église, on l'avait bien évoquée, mais je l'avais convaincue d'y renoncer, de laisser Dieu en dehors de tout ça.

Elle avait accepté de ne pas défiler au bras de son père, poursuivie par une cavalerie d'enfants d'honneur impassibles, et de signer en tailleur blanc le registre tendu par Monsieur le Maire, un point c'est tout. Jamais elle ne m'a clairement signifié que je l'avais privée de son rêve de petite fille meringuée rejoignant, le souffle court, son prince au pied du missel.

Vu le monde présent pour l'entourer et célébrer son accord parfait avec son nouveau mari, je pense au mal qu'elle a dû se donner pour les préparatifs et aussi à sa profonde jubilation de pouvoir enfin devenir, à 30 ans passés, une gamine romantique de la bonne société.

Elle a forcément un peu pensé à moi, ou du moins à nous, entre la demande du nouveau et le grand OUI qu'elle vient tout juste de prononcer de ses dents blanches et saines.

C'est donc pour elle aujourd'hui, samedi 11 septembre, une deuxième fois, un air de presque déjà-vu, certes moins simple et plus cérémonieux, plus stylé aussi, mais avec au bout du compte les mêmes conneries de promesses d'amour éternel pour le meilleur et pour le pire.

Si on prend le temps de s'arrêter deux secondes et si l'on considère qu'avec moi elle a eu sa part de pire, mon ex-femme peut donc s'attendre pour sa nouvelle vie de femme remariée à la félicité la plus pure, tendre les bras vers un avenir joyeux.

Elle fanfaronne au bras de son François, un champion de triathlon limougeaud : des bras comme mes cuisses, des cuisses comme mon torse, trader à la City de Londres, 40 ans, un peu dégarni mais pas trop, une tête de radiologue, un 4x4 de dentiste et un salaire de patron du CAC 40.

Alice m'a lâché un jour dans une discussion qu'il émargeait en ces années de vaches maigres à près d'un million d'euros par an avec bonus. D'où le total Dior pour le jour J, costume, chemise, cravate, chaussettes et chaussures, plumage idiot des gens sans imagination.

C'est vrai qu'il a l'air un peu con, le boursicoteur bodybuildé dans son costume de nouveau riche, à lui enfiler, l'air ému, cette alliance en or blanc ornée de tous ces diamants.

À peine le OUI a retenti qu'un tonnerre d'applaudissements et même quelques sifflets joyeux grondent, l'écho décuple l'assemblée mais ne fait pas trembler les murs, c'est du solide.

Rires et re-chant, et puis l'orgue sonne faux de nouveau, tente de suivre le n'importe quoi général et parvient à prendre le commandement des opérations.

Je sens la main de Laurence se serrer sur mon épaule. Et je respire un grand coup pour ne pas sursauter.

3

— Mon amour, c'est prêt, tu viens ?

Laurence ne s'est rendu compte de rien. C'est grâce au raccourci pomme-N de mon Mac Book. La fonction qui tue pour un type comme moi. Ouverture d'une nouvelle fenêtre en moins d'une seconde, qui masque le fichier illicite en cours de lecture. Affichage sans heurts et sans risques d'une page Google sans intérêt. L'assurance de ne pas me faire gauler et de préserver mon secret, mes turpitudes, mon voyeurisme, ma cicatrice mal refermée, et de pouvoir continuer à entretenir mes blessures, prendre en douce des nouvelles d'Alice.

Alice abandonnée du jour au lendemain, femme quittée sur un coup de quéquette pour un flirt inepte, une femme-enfant aveuglante et idéalisée. Alice la rupture, la foudre, l'accident, les regrets, le remords, la mère de mes enfants, mon charme et mon juste corps.

Depuis notre divorce, si elle daigne parfois m'adresser la parole, je sens au fond qu'elle ne pourra pas s'empêcher de me reprocher à peu près tout et son contraire, qu'elle n'acceptera plus de me parler d'elle pour paisiblement, parfois, seuls l'un en face de l'autre, se souvenir des belles choses.

Mais mon sentimentalisme pleurnichard vaut peau de balle face à la statue d'Alice et son gilet pare-balles. J'ai écrasé son cœur à pieds joints et ne lui ai laissé d'autre choix que de muter en monstre froid. Avec le temps tout s'en va, sauf la rancœur de mon ex-femme.

La ruse vaut ce qu'elle vaut, mais même sur le réseau social Alice n'a pas voulu de moi comme ami.

En revanche elle a bien voulu de l'amitié de sa fille, de notre grande fille.

À 10 ans, Alma a trouvé ça saoulant que sa mère exige de devenir sa copine sur Facebook.

— Soit tu m'acceptes comme amie, soit je te confisque l'ordinateur.

L'amitié unilatérale se pratique-t-elle dans tous les foyers ?

— Alma, c'est juste que je ne veux pas que tu sois amie avec n'importe qui sur Internet. Je t'ai déjà dit que des adultes se font parfois passer pour des enfants et en profitent pour donner rendez-vous à des petites filles dans la vraie vie et leur faire du mal.

— C'est bon Maman, ça va, arrête avec tes pédophiles.

C'est comme ça que l'idée m'est venue.

Puisque Alice veut pouvoir espionner ma fille en toute impunité, je ne vois pas pourquoi je n'aurais pas le droit d'en faire autant avec elle.

Dans la famille, enfin ce qu'il en reste, tout le monde espionne tout le monde, certains le savent, d'autres non : bienvenue dans la vie.com.

Pour cacher la vérité à Alice, j'ai donc dû mentir à Alma et pirater en douce son mot de passe. La seule façon d'accéder pleinement à son profil et de me couler dans sa vie tout en restant invisible dans ma nouvelle tenue de camouflage.

— Qu'est-ce que tu fais Papa ?

— Chérie, j'ai un vieux copain qui m'a demandé de me connecter à sa page Facebook, mais je n'ai pas de compte, je peux utiliser le tien ?

— Un copain ou une copine ?

— Alma !

— Papa, tu peux te loguer rapide, mais tu t'incrustes pas sur mon profil, ok ? Y a des trucs persos et j'ai pas envie que t'ailles fouiner sur mon mur. J'ai déjà Maman sur le dos, alors toi, c'est hors de question.

J'ai tenu parole et noté le sésame sur un post-it. Voilà comment j'ai fait mon retour par la petite porte dans la vie d'Alice. Voilà comment par ce judas virtuel je peux venir la voir presque tous les jours et connaître certains détails de son existence. Je me nourris des commentaires idiots et anodins qui bourgeonnent sur son profil. Je sens son pouls, écoute battre son cœur. J'entends à nouveau parler de loin des gens que j'ai connus de si près, morts et jetés avec le reste dans la fosse commune de notre séparation.

J'apprends, découvre, imagine, transpose, déduis, projette sur un fantôme, et continue de vivre, en creux, un bout de ma vie avec elle.

Un matin, les photos d'un autre viennent s'afficher. Présentation officielle au reste du monde, démonstration éclatante que l'on se remet de tout dans la vie, que le cœur est un lézard increvable, qu'il repousse quoi qu'il arrive.

C'est plus fort que moi, je me retrouve planté devant mon ordinateur à revoir et revoir encore le film de la cérémonie. L'église remplie en septembre comme un œuf de Pâques.

Je connais par cœur la vidéo, postée par François le 12 septembre 2010. Le nouveau mari est un geek. À peine réveillé de sa nuit de noces, il l'a mise en ligne.

Avant, les hommes montraient par la fenêtre les draps pleins du sang de la vierge qu'ils avaient déflorée ; aujourd'hui, ils mettent en ligne le fichier QuickTime de leur messe de mariage.

Je trouve Alice à tout casser dans sa robe.

J'aurais dû dire oui pour une cérémonie pareille, ça n'aurait peut-être pas changé grand-chose mais au moins je serais là, à tourner les pages de notre album photo en noir et blanc, objet culte, table des lois profanées.

Nouveau motif de plainte.

Je me trouverais sans doute moche et vieux, une bière dans une main et mon cœur mort dans l'autre.

Je m'interroge, encore et encore, devant l'air d'ahuri du nouveau et je trouve mes filles très belles en demoiselles d'honneur engoncées dans leur merveilleuse petite robe blanche à gros nœud.

Couronne de fleurs sur la tête, elles témoignent à leur façon, main dans la main, au remariage de leur maman.

Elles encaissent pleine face le serment d'amour de leur mère avec leur affreux beau-papa bling-bling jusqu'à ce que la mort les sépare. Sacré programme.

Oui, Alma et Claire sont magnifiques dans leur rôle d'enfants modèles acceptant tout mais dupes de rien.

Une infinie tendresse me serre la gorge quand le caméraman prend enfin la peine de faire un gros plan sur elles. Elles ont vraiment l'air de se demander ce qu'elles foutent dans cette église à la noix à regarder leur oie blanche de mère sourire à la vie.

Alma et Claire me le copieront cent fois : le mariage est une peine de cœur.

Laurence sort de la cuisine, elle porte une grande salade grecque. Dehors il fait un soleil de mai et un froid de décembre. La lumière perfore tout et éclaire parfaitement son visage.

Cette scène n'est pas un clip volé sur internet. Cette scène est bien réelle. Elle fait partie de ma deuxième vie. Car moi aussi dans le jeu vidéo de mon existence j'ai le droit à une seconde chance.

Sa voix calme et grave me suggère de déboucher cette bouteille de pomerol.

Tout en tirant sur le bouchon de liège, je regarde avec application le brun chaud de ses yeux, ils ont des reflets dorés.

Elle coiffe ses cheveux noirs en chignon. Elle le fait chaque fois que nous passons à table, à la maison, au restaurant, chez des amis. Elle sait que ce détail est capital pour moi. J'aime quand ses longues mains passent sur sa nuque et rassemblent sa tignasse entre ses paumes ouvertes avant de la plier à l'aveugle en un geste rapide et précis dans une pelote soyeuse sobre et légèrement gonflée. J'adore quand elle s'apprête à y planter un crayon, banderille domestique sortie de nulle part qu'elle fiche sans coup férir dans sa bulle capillaire.

Elle dévoile alors sa longue encolure où quatre grains de beauté dessinent une étoile, partie haute de la constellation qui orne son corps. Deux mèches folles viennent conclure cette histoire. De chaque côté du visage, elles dégringolent joyeuses et troublent la fête symétrique de sa petite gueule.

Puis elle me regarde en coin, à la façon d'un pur-sang. Depuis six mois que nous sommes ensemble, nous commençons à nous connaître un peu.

4

Grand gilet bleu marine sur chemisier rose, foulard en soie noué autour du cou, Mouna est assise au réfectoire, seule à sa table.

Autour d'elle, certains parlent haut, d'autres hurlent, braillent ou restent muets, le regard vide, l'air loin, le cul flanqué sur des sièges un peu durs ou vautrés dans des fauteuils roulants, ces chaises hautes du troisième âge. Bruit de fourchettes et silence, on cause beaucoup pour ne rien dire, c'est le principe de ce genre d'endroit.

Mouna a ses humeurs et aujourd'hui elle n'est pas chaude pour discuter de la pluie et du beau temps. Parce que, elle le sait, dans un palace comme celui-ci, l'enfer c'est votre voisin de table quand il vous renvoie à la gueule ce que vous serez peut-être demain en ratant sa bouche avec la fourchette ou en recrachant les larmes aux yeux ses quenelles trop cuites, des morceaux de sa jardinière de carottes.

Voûtée, la tête dans les épaules, sa silhouette ressemble à un soleil qui tombe dans le creux d'une montagne. Son casque blanc est parfaitement laqué, à vue de nez la mise en plis date de 10 h 30. On dirait une barbe à papa, une boule de nuage dessinée par un feutre d'enfant, une installation d'art contemporain. J'ai très envie d'y plonger les deux mains et d'y laisser mes empreintes.

Comme toujours, elle a posé sa canne avec son pommeau à tête de cheval en bois sculpté à sa droite, à côté de son sac à main. Il n'y a rien dans sa besace, les pensionnaires ont laissé leurs papiers à l'accueil, l'argent est interdit et personne n'a le droit de sortir sans être accompagné par un proche.

Mouna sait tout ça, mais Mouna tient à son sac et ne s'en sépare jamais. Quand elle se déplace elle aime le sentir en bandoulière. Il n'y a rien à voler sur ma grand-mère, son âme est son métal le plus précieux et, de loin, même un peu ratatinée, elle porte haut. Distinction des anges, bénédiction du ciel, c'est un drapeau blanc qui flotte à l'horizon.

À ses lobes, deux boucles d'oreilles en argent scintillent dans la lumière, elle ne les quitte jamais.

Mais le plus important chez la mère de mon père, c'est sans doute la bouche. Mouna ne négocie pas avec le rouge à lèvres. Elle ne se déplace jamais sans son stick Lancôme « Rouge absolu », missile exocet, arme fatale de sa féminité qu'elle applique de ses doigts rayés et arthrosés sur des lèvres charnues parfaitement bien ourlées pour son âge, presque invulnérables à l'épreuve du temps.

Plus rien ne tremble chez elle quand, face à un miroir, elle dégoupille l'engin et se met à peindre sa grande bouche, à sillonner les bords sans dépasser d'un iota avant d'équilibrer son dosage en se frottant lèvre contre lèvre.

Elle termine sa selle d'agneau en croûte de persillade et thym accompagnée de son croustillant de légumes de printemps. Je m'assois en face d'elle avant le plateau de fromages.

— Je suis heureuse de te voir.

Nous nous embrassons.

Elle a toujours la peau douce d'un nouveau-né, je me plonge dans son cou tout fripé pour sentir son odeur et vérifier que le parfum coule toujours entre les plis tachés. Un peu de bergamote d'Italie, une once de jasmin, du gardénia, de la tubéreuse, de l'essence de néroli. Son parfum lui ressemble : joyeux, lumineux et surtout audacieux.

Elle me récite le dessert du jour dans le creux de l'oreille.

— Macaron et son crémeux chocolat, caramel et banane.

— Tu as toujours aimé les desserts.

— C'est vrai, même si la bouffe ici est infecte. Et puis tous ces croulants me coupent l'appétit.

L'année où elle s'est installée, un routier a ouvert juste en face de la résidence. Trente couverts dressés chaque midi sur des nappes à petites fleurs. Depuis deux ans, il affiche le même menu à 9 euros. Entrée, plat, dessert, café et pichet de rouge maison. Son riz au lait est parfait. C'est une bonne affaire et, aux beaux jours, j'aime bien sortir Mouna de sa caserne pour l'emmener déjeuner, ça la change un peu du réfectoire.

Ma grand-mère est incollable sur les menus de sa cantine. Je me demande si elle ne s'applique pas à les apprendre par cœur pour entretenir ses neurones, de peur de finir avec les déglingués du troisième.

Lundi : langoustines poêlées sur concassé de tomates et artichauts.

Mardi : carottes râpées mimosa.

Mercredi : asperges vinaigrette.
Jeudi : betteraves à l'échalote.
Vendredi : melon.
Samedi : tomates mozzarella.
Dimanche : avocats crevettes sauce cocktail.

— Voilà pour les entrées, si tu veux je peux te réciter les plats et les desserts.

5

La maison dort. Chez Laurence, ce n'est pas encore chez nous. Du moins en théorie. Alma et Claire campent dans leur chambre, et moi j'ai déjà quelques automatismes.

Avec ses deux mariages et ses trois enfants, Laurence a des airs de Che Guevara du couple. Elle a des idées sur tout tout le temps et ses anciens maris régulièrement au téléphone.

Son truc, c'est l'harmonie. Une manière bien à elle de composer, de toiletter son passé, d'en prendre soin en regardant devant, exactement mon contraire.

Laurence est une femme difficile à expliquer. D'ailleurs, ce n'est pas une femme. C'est une affamée. Un ogre de la vie.

Elle sait diablement y faire, avec moi, les pères de ses enfants, ses enfants et ses propres intérêts. Laurence est prix Nobel de la paix des ménages. Des années après, elle fait toujours ce qu'elle veut des hommes qu'elle a aimés. Ses ex-maris l'adorent et elle le leur rend bien. Il n'y a pas de rancœur dans tous ces cœurs meurtris, Laurence a su trouver les mots. Ne jamais se retourner et surtout avancer avec cette force brute, instinctive et folle : traverser ses ruptures avec panache, faire en sorte que personne n'ait trop mal. Ne jamais accepter non plus l'amour terroriste, l'amour poison, possession. Tailler sa route au carré. Avec toujours la même exigence, élargir son cercle pour les nouveaux. Laurence, une âme à aimer la terre, une femme kibboutz.

Et son âme justement est fragile, elle peut s'offrir une attaque à tout moment. Dans ce cas-là, il n'y a rien d'autre à faire que de la laisser filer, aimer le nouveau à nouveau et s'en aller rejoindre les anciens dans la pièce d'à côté, en acceptant de ne plus être le meneur de son jeu.

Avant de s'endormir, elle m'a glissé qu'elle avait besoin de moi. Ça m'a rendu fier. Je me suis demandé pour combien de temps. Ça ne sert à rien de se poser ces questions mais c'est dans ma nature de les poser quand même.

Puis, elle m'a fait une drôle de demande.

— J'aimerais te présenter aux pères des enfants. Je vais organiser ton intronisation officielle. C'est important.

Elle s'est retournée en prenant le côté gauche du lit. Depuis le début nous n'avons jamais varié. Même à l'hôtel, elle prend le côté gauche, ou plutôt non, c'est moi : je suis droitier au pieu. Est-ce un signe ?

Avec Alice, c'était pareil. Dix ans, elle à gauche, moi à droite. Alors pourquoi s'acharner à changer ?

Est-ce que le nouveau mari d'Alice dort du même côté que moi ?

Depuis que j'ai rencontré Laurence, j'ai le syndrome du père célibataire. Je m'applique à ne pas recommencer la même chose qu'avant et je ne peux pas faire autrement.

C'est le côté nihiliste du divorce.

On s'évade de prison et on y retourne aussi sec. Au lieu d'en profiter pour vivre des aventures sans lendemain.

Les types de mon espèce sont conditionnés à la conjugalité. J'ai beau refuser les stéréotypes, je prends vite mes habitudes. Laurence ne m'a pas beaucoup aidé. Elle m'a offert les clés de chez elle au bout de deux mois, emballées dans du papier cadeau. J'ai trouvé ça rapide, mais j'ai foncé.

J'ai mis mes rêves de liberté d'adolescent pathétique dans un carton, mes idéaux m'ont déjà coûté mon mariage. Et me voilà rassuré de vivre comme quand j'étais marié, un an à peine après mon divorce.

Depuis le début, je fais attention à ne pas pisser à côté du chiotte. Quand on est amoureux on s'applique à viser juste et je pense même à rincer ma baignoire. Si Alice me voyait elle me traiterait sans problème de fayot. Le pire, c'est qu'elle aurait raison.

On est toujours hypocrite au début d'une histoire. On cache ses zones d'ombre et ses vilains défauts. On prend facilement l'autre pour une Ferrari avant de lui en vouloir de n'avoir à offrir qu'un moteur de 2CV.

Ce soir, je profite du silence pour m'offrir une soirée diapo. Laurence s'est endormie. Les photos du voyage de noces d'Alice sont enfin disponibles sur sa page Facebook.

6

Mouna a choisi de venir à la résidence six mois après la mort de son mari.

Au départ c'est mon grand-père qu'on avait dû inscrire de force, parce que le vieux avait perdu les clés. Un matin il n'a plus voulu se lever, un autre plus se laver, un autre plus se nourrir, un autre plus parler et ainsi de suite.

Le médecin a diagnostiqué une dépression profonde. On l'a envoyé à l'hôpital pour le requinquer, les infirmiers ont dû lui attacher les bras pour l'empêcher d'arracher les perfusions avec le peu de forces qu'il lui restait. Personne n'osait se l'avouer, mais mon grand-père avait décidé de se laisser crever à petit feu, et les tuyaux qui lui passaient partout n'allaient pas lui résister bien longtemps.

Quinze jours après son hospitalisation, il était de retour chez lui, amaigri et méconnaissable. Plus rien ne sortait de lui, il restait fixe comme un tableau, blanc comme un cadavre. Il n'y a pas eu débat. Mouna a tout de suite accepté quand mon père lui a proposé d'envoyer le grand-père aux Lilas où, par miracle, une relation avait fait la courte échelle à son dossier et lui avait permis de profiter de la place laissée vacante par une pensionnaire de 90 ans qui venait de s'éteindre dans son lit à l'heure du goûter. La place était chaude, et Mouna s'était faite à l'idée que son Mari ne reviendrait pas de son prochain voyage. Elle a pris sur elle pour ne rien laisser filtrer de ses états d'âme et a appliqué avec l'aide de mon père, une à une, toutes les consignes envoyées par l'établissement. Personne ne se doutait que mon grand-père n'aurait jamais à y mettre ses charentaises.

Une semaine avant son admission, il a profité de l'absence de sa femme pour trouver la force de se lever. Il est descendu en douce à la cave et s'est tiré un coup de fusil dans la gorge.

C'est Mouna qui l'a retrouvé, le corps dans un coin, la tête dans l'autre, le tout dans une mare de sang. Mon père a réglé tous les détails, y compris de dénicher une société de nettoyage spécialisée pour ramasser les dégâts. Du sol au plafond, le vieux s'était répandu partout, on a retrouvé des restes jusque derrière la grande armoire qui servait de réserve à confitures.

Le suicide a traumatisé tout le monde.

En regardant le cercueil descendre dans la fosse, face au froid cafard de novembre, Mouna a fini par verser une larme. Je ne savais pas encore que ce n'était pas une larme de chagrin, juste le début d'un rhume de saison. Je ne savais pas encore que Mouna s'était d'une certaine manière déjà suicidée elle aussi. Qu'elle avait enterré son cœur plus de soixante ans auparavant et que depuis lors ses prières ne montaient plus jusqu'au ciel. Ce jour-là était un peu sa revanche.

Sa proposition a tout de suite fait mouche. Prendre la place de son mari aux Lilas. Le directeur s'est montré très coopératif, il a bien sûr reloué la chambre que venait de libérer mon grand-père sans même l'avoir occupé, mais a promis tout en présentant ses condoléances à la famille qu'il serait toujours là pour accueillir l'un des nôtres dans de meilleures circonstances, si le besoin s'en faisait à nouveau sentir. Puis, il a ajouté d'un air torve, avec une œillade à Mouna, que maintenant qu'elle connaissait le chemin, elle était ici chez elle.

Et c'est elle qui a pris son téléphone et demandé à parler au directeur. Six mois après l'enterrement, l'étiquette de la chambre 220 affichait son prénom et son nom et nous y déposions ses affaires.

Le jour de son installation, l'ambiance était assez détendue. On était loin de la carte postale glauque, où tout le monde s'en veut de déposer sa « vieille » ou son « vieux » à l'hospice mais au fond s'avoue soulagé, car personne parmi ceux qui pleurent et s'apitoient n'a la moindre envie de se coltiner à demeure son « vieux » ou sa « vieille » qui supplie de rentrer à la maison et ne comprend pas ce qui lui arrive. Personne n'a envie d'affronter le temps qui passe, cruel, et de voir l'autre s'éteindre à feu doux.

Les enfants finissent par être des remords.

Et mon père ce jour-là en était dénué, puisque, aimait-il rappeler à tous ceux qui l'interrogeaient sur ce grand chambardement, c'était la décision de sa mère, sa seule volonté, et qu'elle était depuis longtemps majeure et vaccinée.

Mouna souriait vaguement, comme pour nous signaler le cœur gros quand même que sa décision était sa manière à elle de rester maître de son destin. D'éviter aux siens le moment fatidique où, plus consciente de rien, elle aurait imposé à ses enfants de la déporter, de fermer à sa place et pour toujours la porte de chez elle.

Elle était en quelque sorte en avance sur le peu de temps qu'elle avait encore. Et personne ne cherchait à en savoir davantage.

Sommes-nous préparés à la grande inversion ? À devenir un jour les parents de nos parents ? À les regarder, impuissants, tomber faibles à nos pieds ? À leur donner la béquée ? À les laver, les habiller ? À leur servir de cannes avant de déléguer à d'autres l'honneur de les border le soir, de les consoler la nuit, de les servir et de les protéger, parce que nous ne sommes plus assez forts pour cela et que de toute façon nous n'avons pas le temps.

7

Lagon bleu piscine, eau à 27 °, récifs coralliens, plages de sable cocaïne, bungalow sur pilotis. Ambiance Robinson, suite XXL, lit king size à six oreillers, vus de ma fenêtre les petits coussins rouges ont l'air moelleux comme des chocolats. Draps en lin et moustiquaire, sur la terrasse un hublot au sol pour voir les poissons-chats courir après les poissons-perroquets.

Le Only One est un ashram pour riches planté dans la turquoise de l'océan Indien. Un seul créneau, le spectaculaire à l'esprit Robinson pour cet ensemble harmonieux lové à 35 kilomètres de l'aéroport international.

Sur sa page FaceBook, Alice a laissé un premier commentaire : « La magie commence à la sortie de l'avion, là le voyage continue, François me fait la surprise d'un transfert à bord de ce yacht de luxe de 17 mètres. C'est la folie. Le capitaine ressemble à Tom Cruise. »

L'album qu'elle vient de publier est un festival.

Deux palmiers servent de rideau de douche à la baignoire jacuzzi. Des portes vitrées coulissent et ouvrent la baraque aux vents, une corbeille de fruits exotiques flambe sous un parasol en paille. Deux transats en teck posés sur un miniponton en pente douce s'offrent plein soleil, obscènes, à la mer. L'ensemble tourne le dos à la piscine de l'hôtel. Le carré d'eau se fond dans l'océan, respecte les lignes pures de l'étendue sans nuages.

Le soir est un feu d'artifice. Des guirlandes enlacent les palmiers, les tables du restaurant sont éclairées aux flambeaux.

Alice et François se tapent un homard sous une torche. Ils en sont à leur deuxième bouteille de vin. Le nouveau mari de ma femme est rouge comme une écrevisse.

Deuxième commentaire : « Le paradis des amoureux est un repère de honey mooners. Nous croisons des couples en voyage de noces. Au buffet du petit déjeuner tout le monde a l'air heureux. François n'a d'yeux que pour moi, so sweet. »

Alice est décidément très inspirée, et l'entame de sa nouvelle vie fait rêver. Son neuneu lui colle à la tong. Il shoote son épouse sous toutes ses coutures. Les photos de vacances virent au catalogue.

Alice est le nombril du monde.

Photo de mon ex-femme dans un hamac. Ongles, pieds et mains assortis aux lèvres de la jeune mariée brillent d'un rouge de clown intense assez bandant. Elle porte un foulard en soie turquoise à motif pour se protéger du soleil. Elle l'a noué à la pirate. Je le reconnais. Amsterdam 2004. Un hôtel désœuvré, quatre étoiles, il rigole sur le fleuve à moitié gelé. Une pluie fine, -4 ° et nous deux sous un pépin. L'air las de la vendeuse quand elle desserrait le nœud sur le mannequin. Le sourire d'Alice emmitouflée. Elle avait mal à la gorge. Je l'ai protégée en lui serrant autour du cou.

Souvenirs.

Elle aurait quand même pu faire preuve d'un peu plus de délicatesse et éviter de m'emmener ainsi par petits bouts dans sa valise.

Son deux-pièces blanc aussi fait partie des archives, notre patrimoine. Elle avait tout de suite craqué pour le shorty taille basse, et longuement hésité pour le haut.

— Antoine ?

Je l'avais laissée seule, entre le bandeau et le balconnet. Elle avait tergiversé un bon quart d'heure face à la glace de la cabine. Alice était du genre à tortiller, l'inverse de Laurence. Laurence, elle, voyage léger, elle ne trimballe pas ses souvenirs à la plage. Elle brûle quand elle a décidé que tout doit disparaître.

Pendant que je m'incruste par effraction dans la vie d'Alice, Laurence dort en face de moi. Un mètre à peine me sépare de la pyromane. Elle a le sommeil léger et moi le passé lourd. Elle ne sait rien de mes insomnies.

— On ne devrait rien garder de sa vie d'avant quand on a choisi de recommencer.

Laurence ne m'a pas quitté des yeux pour m'exposer sa théorie.

— Même les enfants ?

Elle a souri et ouvert grand sa bouche.

— Eux c'est autre chose. On ne fait plus d'enfant à deux depuis longtemps, Antoine.

— Pardon ?

— On fait des enfants d'abord pour soi, c'est ainsi. Ce n'est pas ma faute si l'autre finit toujours soit par partir, soit par lasser.

Ce soir je me dis que Laurence a raison. Ni les foulards, ni les maillots de bain. On devrait faire chaque fois comme si l'autre n'avait jamais eu lieu. Et profiter de son amnésie pour repartir du bon pied, croire à nouveau, se jeter avec conviction dans la gueule du loup, dépuceler son cœur ad vitam æternam en tenant par la main nos petits avec leurs yeux en point d'interrogation.

8

Elle semble morte quand elle dort.

Ses yeux clairs, volets fermés, son menton en l'air, sa lèvre inférieure légèrement remontée, crâne enfoncé dans son oreiller blanc, on dirait qu'on prépare un moulage. Je sens son rythme cardiaque ralentir tranquillement, son souffle devient un ronflement léger.

Repue, Mouna est remontée dans sa chambre faire sa sieste. À cet âge-là, c'est important la sieste. Surtout quand on met un point d'honneur à ne pas se faire surprendre à baver tête de travers sur un fauteuil.

— Les vieux ne savent pas se tenir, ils s'écroulent entre la poire et le fromage.

Rester digne est son obsession.

Mouna tient à son rituel et refuse de se faire cueillir. À l'heure de la sieste, elle aime s'allonger dans son lit, s'abandonner pour garder le contrôle.

Elle prend ma main dans la sienne et me dit :

— À tout de suite.

Je l'accompagne et la regarde partir. Autant de petits départs avant le grand saut.

La sieste est-elle un entraînement ?

Ma grand-mère va-t-elle mourir en faisant la sieste ? Tout ça pour ça.

Elle me dit souvent qu'elle va mourir demain, c'est sa manière de rester vivante. Mais sa crainte n'est pas là. Sa crainte c'est de finir au troisième, au rayon des super gravos.

— Tu te rends compte, c'est affreux, hein. Tu crois que je finirai chez les dingos ?

— Non, Mouna.

— Le professeur nous a dit que la bonne femme du 224 avait été transférée.

— Ça n'arrivera pas.

— En même temps, elle était complètement toquée. Elle refusait de sortir de sa chambre et la nuit elle se levait pour hurler dans le couloir. Elle réveillait tout le monde. Elle était perdue.

— Tu sais Antoine, ça ne sert à rien la vieillesse.

Mouna adore cette phrase. Elle a raison, la vieillesse, ça ne sert à rien, sauf peut-être à apprendre aux enfants à profiter de la vie avant la liste d'attente pour la Résidence des Lilas. À comprendre qu'il faut vivre sans se retourner. Commencer à oublier avant d'être lâché par sa mémoire. L'entretenir en refusant de se souvenir d'hier pour mieux embrasser demain.

9

Mouna aime que je vienne la voir. Non seulement je lui change les idées mais je lui permets de sécher les ateliers. Je suis un petit-fils alibi.

La vie de ma grand-mère est une partition parfaitement réglée. Après la sieste, les pensionnaires se retrouvent en bas pour les activités et partager, comme le dit la brochure, « un moment de convivialité ».

En trois ans, Mouna s'est fait quelques relations. Une Agathe, une Gilberte, une Denise. Quelques copains aussi, un Paul, un Bernard, un Gérard. Ma grand-mère traîne naturellement avec les plus vaillants, ceux qui soutiennent encore une conversation, sont en état de faire un scrabble, de jouer aux cartes et globalement de positiver sans en plus trop radoter.

Elle a du mal avec les très sourds, les incontinents passagers (les purs et durs filent directement au troisième) et les Alzheimer, par peur de jouer un jour dans leur catégorie davantage que par manque de charité chrétienne. À choisir elle préfère cependant la compagnie des sourds et des incontinents passagers à celle des amnésiques, c'est au-dessus de ses forces, ils la font définitivement flipper.

— Quand ils passent leur temps à répéter la question. C'est impossible de ne pas s'emporter. Ça me donne des envies de meurtre, je sais ce n'est pas très gentil, mais c'est infernal quand même, cette maladie, il serait temps que le progrès fasse quelque chose.

Ma grand-mère reste floue sur ses amitiés, parce que :

— Il arrive un âge dans la vie où il vaut mieux ne pas trop s'attacher. On prend vite froid aux enterrements.

À 16 h, la gym des neurones se pratique autour d'un thé et d'un plateau de gâteaux secs. Les vieux passent leur temps la bouche pleine et on les hydrate beaucoup.

Mouna trouve que la nouvelle animatrice est une cruche et que, cerise sur le gâteau, elle est moche. Céline a remplacé Cléa, Cléa lisait mieux les histoires.

— La petite avait de la classe, la nouvelle est bas du cul.

Pendant la lecture, on interroge l'auditoire. Les pensionnaires doivent résumer et parfois compléter des phrases. Certains jours, on les aligne comme des fusillés. On leur tend des feuilles avec des paroles de chansons déprimantes et on essaie de les faire chanter juste. Tout le monde s'égosille sur des standards d'Édith Piaf et d'Hugues Aufray au rythme d'une sono en playback. Les déambulateurs sont rangés dans un coin, la grande majorité a du mal à suivre, les airs sont las, et les visages fatigués, ailleurs, perdus.

À 16 h, la maison de retraite ressemble à une classe de CP.

Les vieux sont des enfants, ils perdent leurs neurones comme les petits leur doudou. Certains font des allers-retours pour tenter de les retrouver. Nous sommes habités par une foi vaine, convaincus qu'il y a encore de l'espoir, qu'en retrouvant des bribes on reconstruit des puzzles. Mais les vieux finissent recouverts de blanc. Des parcelles de vide envahissent la carte de leur territoire. Les petits carrés deviennent des squares, puis des grands parcs, avant de s'étendre en forêts lointaines où plus personne n'ose venir se perdre.

Dans les méandres de la vieillesse, il y a toujours ces carrés blancs, ces culs-de-sac et ces portes closes, puis tout d'un coup plus rien à espérer. Aucune lumière ne filtre, même le néon d'une chambre d'hôpital n'a pas le pouvoir de faire une dernière fois bouger leurs paupières immobiles sur leur corps cabossé, inerte, et leur cœur en jachère. C'est la fin.

En s'acharnant à leur faire répéter des phrases à la con autour d'un thé trop chaud et d'un biscuit trop sec, cherche-t-on à fuir le réel ? C'est vouloir rattraper sa bonne conscience à bon compte. Car en fait, on se surprend parfois à rêver de les supprimer. On imagine des solutions, la tête sous l'oreiller, la main sur la bouche, et l'on prie le ciel qu'ils débarrassent le plancher.

Les filles qui s'occupent de les distraire ont leurs têtes, leurs chouchous et leurs souffre-douleur. Impossible de leur en vouloir. Pour passer sa jeunesse à s'occuper des vieux, il faut avoir un grain.

Je trouve que Mouna a tort, la nouvelle animatrice n'est pas si moche que ça. Elle a une grande bouche, un côté frais qui fait du bien. Devant tous les décatis, la fesse ferme a du chien. On se regarde du coin de l'œil.

J'emmène Mouna faire un tour entre les pommiers, je la tiens par le bras et, malgré sa canne qui la supporte de l'autre côté, je crains de la laisser échapper, j'ai l'impression de déplacer un vase Ming hors de prix alors je me concentre, tout en me demandant si la nouvelle animatrice porte un soutien-gorge. C'est le genre de réflexion que l'on ne peut presque pas partager avec sa grand-mère.

— Si tu crois que je ne t'ai pas vu, tu te goures. Arrête de lui regarder les fesses. Décidément les hommes sont tous les mêmes.

— Mouna, je ne regarde rien.

— Tu parles !

Cela ne fait pas si longtemps que je passe la voir. J'ai commencé mes visites un peu avant mon divorce. Une, puis deux, puis trois, d'espacées elles sont aujourd'hui devenues régulières.

Quitter ma femme m'a donné envie de vivre avec ma grand-mère. Il paraît que la douleur saute les générations. Moi, j'ai joué à saute-mouton avec mon trauma et j'ai ouvert mon cœur à la mère de mon père. J'ai commencé à tout lui raconter, Alice, le mariage, le divorce, en pointillés. J'ai tenté de l'épargner un peu, persuadé qu'elle ne pouvait pas comprendre mes tourments d'enfant trop gâté. Puis je suis devenu plus précis, et enfin parfaitement clair. Elle n'a jamais varié, ne m'a jamais jugé, ni fait le moindre commentaire. Pas de « il faut que », pas de « tu devrais ». Elle s'est contentée de me sourire, paisible. En presque une année, Mouna est devenue mon confessionnal, mon éponge et ma boîte à chagrin. Elle est la seule à savoir la vérité.

La seule à savoir que j'espionne encore Alice et que je vis un peu chez Laurence, la seule à me connaître en entier. J'ai souvent espéré qu'elle oublie tout dans l'heure. J'ai longtemps négligé un aspect que j'apprécie beaucoup chez les vieux, ils ont la mémoire sélective.

— Alors Antoine, tu continues à regarder le film du mariage d'Alice ?

— Oui Mouna.

— Tu n'as pas envie d'arrêter ?

— Si, mais je ne peux pas.

— Écoute-moi bien mon petit. Il faut accepter.

— Je n'y arrive pas.

— Tu finiras bien par tourner la page.

— Dans combien de temps ?

— Le temps de te remettre vraiment de ce qui s'est passé. Ça risque peut-être d'être encore long. Un jour tu te réveilleras et tu réaliseras que ça ne sert à rien les regrets. Et peut-être même que tu seras passé à côté de ta vie. Fais-moi confiance. Je sais de quoi je parle. Il y a des blessures contre lesquelles on ne peut rien, parce qu'elles peuvent durer une éternité lorsqu'on préfère les polir au lieu de les tuer vraiment, en avançant.

10

« Salade en sachet, tomates, pot de basilic, bananes, fraises mûres, jambon, pain, pancakes, jus d'orange, yaourts, clafoutis, mozzarella, danettes, gruyère râpé, boîtes de galettes au miel, thon à l'huile.

P.-S. : fais gaffe aux dates de péremption ! Et surtout, sois là quand ils vont arriver, je ne sais pas encore dans quel ordre. »

Laurence m'a envoyé les consignes par mail. Elle m'a demandé d'être là parce qu'elle va rentrer tard, des rendez-vous la retiennent à son cabinet. Cette semaine, ses trois garçons sont chez elle. Le tiercé gagnant c'est 15, 12, 10, Simon, Pierre et Lucas.

Si on se voit souvent, on ne se connaît pas encore très bien, Laurence fait toujours tampon. Au début, on s'est croisés deux ou trois fois, toujours avec du monde, noyés dans la masse, avant d'être vraiment présentés.

Ce jour-là, j'étais avec Alma et Claire. Équipe A contre équipe B, match à couteaux tirés, Laurence arbitrait la première confrontation.

Elle avait son tailleur noir d'avocate. Il ne lui manquait plus qu'un sifflet pour signaler les hors-jeu, les coups francs et un éventuel penalty. Mais cette rencontre au sommet s'est plutôt bien passée. Pour être tout à fait franc j'avais surinvesti la mission, sans doute à cause de ma peur des garçons, ces hooligans.

Résolution : surtout ne pas m'attacher aux enfants d'une autre.

Réflexion : les beaux-pères sont des affreux.

Toutefois, passé un certain stade, c'est le prix à payer.

Prix auquel vient s'ajouter une bizarrerie : le risque de passer plus de temps avec les enfants d'un type que je connais pas qu'avec les miens. Paradoxe de la famille recomposée.

Et nouvelle interrogation : à quoi ça sert d'avoir des enfants, si c'est pour finir par jouer avec ceux des autres ?

C'est ainsi : un jour des mômes qu'on n'a pas choisis entrent dans nos nouvelles vies par effraction.

La première fois s'est jouée un dimanche midi à l'heure du poulet pommes de terre. J'ai sonné, un bouquet de fleurs dans une main, une bouteille dans l'autre et les filles planquées derrière moi, chacune accrochée à une jambe. Alma et Claire m'ont d'abord expliqué que ça aurait été plus facile si ma nouvelle amoureuse avait eu des filles en robe de princesse plutôt que des joueurs de foot à mèches rebelles en pleine croissance, démarche d'hommes préhistoriques sur grosses baskets just do it pour les trois, tarte aux boutons d'acné pour l'aîné.

Simon, 15 ans, des furoncles et presque des poils, débarque d'abord du lycée. Il lève la main droite façon Sitting Bull et, sans même un regard, grand chef indien, fonce vers la cuisine. Claquage de la porte du frigo, dépeçage de l'emballage d'une boîte de cake. Puis Simon arrache à mains nues une bouteille de Coca dans un pack parfaitement aligné au pied de la fenêtre et s'enfile une première rasade au goulot.

Je l'entends roter et cracher dans l'évier. Il réapparaît dans le salon iPod vissé sur les oreilles, à ce niveau-là son jean n'est plus taille basse mais rase-moquette. Simon impose son mètre quatre-vingt-cinq qu'il vautre sans distinction devant la télé. L'animal se gratte les oreilles avec la télécommande, le son est à fond. Seul son rire gras vient le recouvrir quand il décroche son portable.

J'ai toujours expliqué à mes filles que les garçons étaient des nuisances sonores. Simon confirme ma théorie. Quand il hurle, on dirait Joey Starr.

Il ne m'entend pas lui murmurer fermement de ne pas mettre son 43 sur la table basse de sa maman. Je n'insiste pas et garde un peu d'énergie pour l'arrivée des deux autres. Je pense naïvement qu'avec le débarquement du plus grand, j'ai passé le cap Horn de l'indifférence et du grognement.

Je me cache derrière Alma et Claire. Les filles se sont invitées devant la télé et le grand les accueille avec un sourire niais. Claire fixe étrangement sa peau grasse et semble compter les éruptions de sébum qui ravagent son visage ingrat. Elle lui sourit et il la prend gentiment sur ses genoux, voilà ma fille parfaitement calée et abandonnée dans les bras d'un autre. Je vire jaloux, inquiet et dubitatif, un jour mes filles iront rire dans d'autres bras que les miens et je prends un coup au moral.

Indifférente à ma détresse de beau-papa paumé, Alma, allongée par terre en position sirène, avale les pages du sixième volet d'Harry Potter.

Pierre, 12 ans, fait la tronche de l'apprenti sorcier que ma fille rêve d'épouser.

Son père vient de déposer le petit bigleux, ses grosses lunettes rondes lui mangent la figure et une frange la moitié du front. Au lieu de ramener sa science, il me saute au cou sans un mot et manque de m'étrangler.

L'enfant me tient chaud, stupéfié par tant d'affection je le renvoie dans ses six mètres. La règle est simple, seules Alma et Claire ont le droit de m'enlacer. L'intimité de mon cou est interdite aux petits étrangers. Mais celui-ci insiste, redescendu de son perchoir il me prend la main. Le petit boa cherche à s'enrouler autour de mon bras.

— Qu'est-ce que tu cherches ? De l'affection, de l'amour, de la tendresse ? Ne compte pas sur moi, retourne chez ton père, je suis déjà pris.

Pierre me suit partout. Les filles ne bougent pas leurs fesses pour me débarrasser de cette mauvaise herbe. Je n'ai toujours pas entendu le son de sa voix. J'appelle Laurence pour savoir quand elle rentre, tombe sur sa messagerie.

J'ai quatre enfants dans le viseur et envie de me jeter par la fenêtre. Lucas arrive à son tour.

Ma colonie est au complet. Lucas est l'inverse de Pierre et me tend, regard fixe, une poignée de main virile.

Il a les yeux bleus et des cheveux blonds coupés en brosse. L'ADN de son père a pris le dessus au moment du mélange, à 10 ans il ne ressemble en aucune façon à sa mère. Le chat file dans sa chambre sans dire bonjour à sa collection de demi-frères et sœurs.

Par la fenêtre j'aperçois son père au téléphone devant sa voiture. Monsieur a eu le bon goût de ne pas monter avec le petit dernier.

Ça ne va pas durer. J'entends encore Laurence me murmurer qu'elle veut m'introniser en me présentant officiellement à tous les autres.

Mais comment cela va-t-il se passer au juste ? Pourquoi tenter de faire un lien entre toutes ces histoires ?

Mouna trouve l'idée excellente. Je crois que, sans la connaître, ma grand-mère aime beaucoup ma nouvelle femme polygame. Et quand je lui ai fait part de cette idée saugrenue, elle a souri grand. Un signe chez elle plutôt encourageant.

Elle a voulu en savoir plus, que je lui détaille son histoire. J'ai fait un effort pour rassembler ma mémoire et je me suis lancé.

— Avant son premier mariage avec François, Laurence a été fiancée avec Jacques. D'après ce que j'ai compris, il est son désastre fondateur, l'homme qui a le plus compté pour elle. Un soir d'été, Jacques est parti en la laissant dévastée et presque morte. Du coup Laurence a juré de ne plus jamais souffrir pour un homme. Et pour l'instant, vu son bilan carbone sentimental, elle tient ses promesses. Les hommes tombent comme des mouches. Elle adore recycler ses histoires, elle se débrouille toujours pour aimer le nouveau en lui laissant croire que les autres n'ont jamais autant compté. Résultat : ils ne sont pas des menaces, ils font presque pitié. Le nouveau ne se doute pas que demain, il ne vaudra pas mieux qu'eux.

— Et ensuite ?

— Jacques est parti pour une autre, depuis il vit avec un homme plus vieux. Après elle a épousé François, avec qui elle a eu Simon, avant de l'abandonner pour Laurent. Laurent lui a donné Pierre mais *ça n'a pas suffi*, Laurence l'a largué pour Nicolas. Elle a refusé sa demande en mariage mais elle a accepté l'arrivée du petit Lucas. Encore une fois, *ça n'a pas suffi*. Laurence a quitté Nicolas pour des histoires qui n'ont jamais compté, avant de tomber sur moi et de me donner les clés de sa maison en m'expliquant en souriant qu'elle avait hâte de rencontrer les filles que j'avais eues avec Alice avec qui *ça n'avait pas suffi* non plus, puisque j'avais de mon côté rencontré Lara, à qui je n'avais *pas suffi* vu qu'elle était partie le jour de notre emménagement. Conclusion : Laurence et moi souffrons d'insuffisance sentimentale et cherchons à nous soigner ensemble.

Mouna, qui a parfaitement suivi mon déroulé, éclate de rire.

— Tu es donc l'homme qu'elle attendait.

— Je ne sais pas si on peut dire ça comme ça.

— Fais confiance à ta grand-mère. Tu n'as pas quitté Alice pour rien. Laurence est ton chemin.

11

Mouna est assise sur son fauteuil, coincée entre la télé et le petit balcon. Alma et Claire ont apporté des fleurs, un bouquet de pivoines pourpres. On a fini par trouver un vase. Ici on n'appelle pas le room service, mais l'infirmière, seulement pour les urgences. Une seule pression suffit, la pièce est couverte d'interrupteurs au cas où les vieux tomberaient d'un coup sec. Les concepteurs ont pensé à tout et disposé un bouton magique tous les trois mètres.

L'infirmière a un peu râlé qu'on la dérange pour un vase, mais devant le sourire des filles affalées sur le lit de leur arrière-grand-mère, elle a réfréné sa colère et s'est exécutée en soubrette.

Mouna adore raconter des histoires à ses arrière-petites-filles. Je sais ma chance de ne pas avoir à lui répéter quinze fois leur identité, de m'épargner un lavage de cerveau quand les mêmes questions tombent à intervalle régulier. Les vieux en roue libre sont des supplices chinois. Ça ne sert à rien de leur répondre ce que l'on va devoir répéter, et pourtant on répète à l'envi, esclaves de notre culpabilité, impuissants et las. Nous regrettons de ne pas être venus autant que d'être là, face à eux.

Quand leur ticket n'est plus valable, les vieux sont des bêtes à chagrin avec toujours un truc à vous reprocher, votre dernière visite qu'ils ont déjà zappée, le peu de jeunesse qu'il vous reste.

Mouna contemple ses pivoines.

Ça brille encore sacrément dans ses yeux délavés. À la Résidence des Lilas, elle est l'exception. Elle confirme la règle brutale de la nature humaine : passé le portail du service des admissions, la tour de Pise s'écroule. Les vieux se transforment en vieillards en moins de temps qu'un bouquet de fleurs ne met pour crever au soleil. Mouna est une belle plante. Et ce n'est pas grave si elle commence seulement à rabâcher ses souvenirs d'enfance. Elle s'excuse toujours de radoter. Toujours cette peur de perdre le contrôle et de finir par manger la rambarde.

— C'est vrai que tu es très vieille Mouna et que tu vas bientôt monter au ciel ?

— C'est vrai ma chérie. Je ne sais pas si j'irai au ciel, mais je sais que je vais bientôt mourir.

— Parce que c'est la vie ?

— Oui ma chérie, mourir fait partie de la vie.

— Nous, on veut pas que tu meures.

Ça ne sert à rien de se défoncer quand on est jeune, ça ne fait qu'accélérer la chute inexorable des neurones. Dans les maisons de retraite, en revanche, ça devrait être en vente libre. Vive la gérontoxicomanie ! Psychotropes à tous les étages, shit, herbe, coke, speed, héro, ecstasy, acide, MDMA. Les vieux devraient se défoncer toute la journée en toute impunité.

— Votre pétard, Madame Michel.

— Un petit trait pour vous réveiller Monsieur Couprie ?

— Madame Bluet, pensez à arroser votre cannabis !

— On a une belle pupille bien dilatée, Monsieur Joseph.

On ne dirait plus bonne nuit mais bon trip. Des rires grotesques et des fous rires collectifs remplaceraient les pleurs et les gémissements. Les papis et les mamies auraient les mâchoires bloquées, tout le monde passerait son temps à se repoudrer. Taper, fumer, gober, se piquer même et vivre dans un vol plané permanent, au vert dans une maison de retraite, la compagnie des éléphants roses vaudrait toutes les visites. La came les priverait de leur lucidité et de leur souffrance, casserait leur solitude en deux, briserait leurs chaînes et lèverait leurs tabous. Éclatés, ils enverraient se faire foutre les infirmières et leur sac à tranquillisants, s'adonneraient à leur penchant naturel dans des salles de shoot tamisées. Défoncés, les vieux multiplieraient les OD dans un ultime moment de bonheur et de grâce. L'overdose aurait pour vertu de libérer des dortoirs entiers de centenaires bons à rien, placés en mode survie, inaptes à toute forme de joie et coûtant bonbon à leurs chiards en colère de devoir se serrer la ceinture pour leur payer un lit, la cantine et un service d'infirmières.

Claire a du mal à suivre, mais Alma s'en sort bien. Mouna leur a offert un puzzle. Un cent pièces. *Le Verrou* de Fragonard. J'ai trouvé ça curieux qu'elle le donne aux enfants.

— C'est un joli tableau, tu ne trouves pas ?

— Je trouve qu'Alma et Claire sont un peu jeunes pour ce genre d'exposé.

— Ne sois pas vieux jeu, mon petit.

Mouna a l'art des contre-pieds et des surprises bien faites.

— Je leur ai commandé sur Internet. Le colis est arrivé ce matin. Le facteur me l'a déposé à l'accueil. C'est formidable, le progrès.

Mouna m'a toujours parlé de ce tableau. Pour elle, *Le Verrou* est la clé, une leçon. La scène est assez troublante. Dans un clair-obscur, un voile rouge coule sur un lit défait. La tension est immédiate. L'œuvre sent le stupre et la luxure. À droite un homme, la main sur un verrou, tient dans ses bras une femme dont on ne sait si elle cherche à se libérer ou à s'abandonner. Ce tableau est un point d'interrogation, l'instant d'un désir partagé ou unilatéral. Au final, seul celui qui juge et projette, selon son humeur et son expérience, sait si la femme subit ou au contraire s'abandonne, offerte et lascive dans les bras volontaires du chasseur. Lui est un danseur sur la pointe des deux pieds, elle a une jambe en l'air à la Marilyn. Est-ce un viol ou une extase ? Posée sur la table de nuit, une pomme. Personne sauf peut-être celui qui regarde, voyeur, n'a encore croqué dans le fruit.

Le tableau préféré de Mouna lui ressemble, comme elle il dit la passion, habitée par ce côté démoniaque que l'on devine sans jamais oser le nommer. Comme avec elle, le mystère reste entier.

Mouna m'a piqué une cigarette et fume la fenêtre ouverte. Elle me fait signe de la suivre sur le balcon. Elle a l'air d'une reine dans sa robe de chambre un peu grande. C'est une soirée douce de printemps. Dehors la campagne est tranquille, plus rien ne bouge. Le calme des alentours impose naturellement de parler à voix basse. Mouna fixe les pommiers du jardin et plonge son regard au loin. Rien n'a plus d'importance quand elle me demande sans me regarder :

— J'aimerais que tu m'emmènes voir la mer. Ça sera peut-être pour moi la dernière fois.

12

« J'attends les filles pour 20 h pétantes ! »

C'est un texto clair et net.

D'après les dernières photos publiées sur sa page Facebook, Alice pète la forme. Ma préférée, Alice en bikini orange, debout fière sur un rocher. Corps de liane et stade ultime du bronzage, chez moi l'aigreur du palot malingre. J'ai quitté un déchet, elle est devenue une bombe abrasive et pose comme un top model. La nature est injuste. Je jure que si Alice était restée bronzée toute sa vie en bikini orange, je ne l'aurais jamais abandonnée. Pourquoi les femmes sont-elles incapables de rester belles et bronzées après une césarienne et la naissance de leur deuxième enfant ?

J'en veux à Dieu de ne pas avoir pensé à blinder les placentas de vitamine D et à bourrer la tronche des maris de sérotonine. Je suis sûr qu'Alice fait exprès d'être à tomber par terre depuis notre divorce.

Ce jour-là, c'était la bombe du tribunal, tous les maris voulaient l'épouser, les avocats la défendre et les juges lui faire toucher le gros lot.

Sur les marches du TGI, le soleil dans les yeux, c'était moi la sorcière. Je ne me doutais pas que le combat serait si inégal. J'avais le chagrin en pétard et les cheveux tristes, les yeux d'Annie Girardot et la bouche en biais de Caliméro. Pas de quoi la faire se retourner une dernière fois dans la salle des pas perdus.

Devant la juge, elle prenait si bien la lumière que tout le monde a vu l'auréole au-dessus de sa tête. Une sainte était à la barre. Elle avait flingué dix ans de sa jeunesse pas éternelle au bras d'un instable kamikaze capable de tout plaquer pour une greluche en imper sable. Tout le monde savait qu'après m'avoir tondu, elle n'aurait aucune difficulté à refaire sa vie. Tout le monde priait pour qu'elle rencontre enfin un type digne et bien. La juge a commencé à exaucer la prière de son avocate. En transperçant mon cœur, la décision de justice a troué mon portefeuille. J'allais devoir payer toute ma vie. À la fin de l'audience, séparée par nos deux défenseurs, elle est arrivée la première en haut du grand escalier qui s'ouvrait sur la rue. Elle a levé les deux bras, j'ai cru qu'elle allait s'envoler. J'ai sorti une cigarette. Et je l'ai vu s'éloigner. Devant les grilles, un homme l'attendait.

Un an après le verdict, elle décide toujours de tout. Prononcé, tamponné et écrit noir sur blanc, le divorce ne change rien. Celui qui porte la culotte la porte à vie. Elle l'a très bien compris.

Alice attend les enfants à 20 h pétantes. Antoine sera donc là à 20 h pétantes. Antoine ne montera pas, comme le papa de Lucas, dans l'appartement de son ex-femme pour lui donner les mômes en main propre. Il les laissera sur le trottoir, les regardera s'enfuir en courant vers l'interphone, se souvenir du code, composer les quatre chiffres sur la pointe des pieds et disparaître dans l'ombre de la cage d'escalier. Il fantasmera de loin le bruit de l'ascenseur, s'efforcera de détendre sa poitrine, prendra une grande bouffée d'air et repartira aussi vite qu'il est venu en faisant semblant de ne rien ressentir.

Avantage : Antoine n'aura pas à tourner des heures et pourra se garer en double file.

Une semaine sur deux, les papas se garent en double file, déchargent leur livraison et repartent s'occuper des enfants d'une autre.

À la vitesse où vont les choses, le risque est de finir chauffeur de bus.

Quand j'ai expliqué à Mouna qu'Alice avait refait sa vie, elle a beaucoup rigolé.

— C'est l'expression la plus idiote que j'ai entendue. On ne refait pas sa vie. On continue son chemin.

— Mouna, on ne dit pas continuer son chemin, on dit bien refaire sa vie.

Ma grand-mère en est convaincue, ça ne sert à rien de nier le passé. Les enfants détestent les négationnistes et ils ont raison. L'histoire est simple, elle a beau se répéter des centaines de fois chaque jour autour de nous, on ne retient jamais la leçon et on entame le même refrain.

Refrain : Papa et Maman vivent ensemble, puis Papa ou Maman s'en va, du coup Papa ou Maman est super triste et commence à détester l'autre, à regretter de l'avoir rencontré, d'avoir fait des enfants avec, à remonter le film, à oublier les scènes, à brûler la pellicule, à mentir, à cracher, à dire des mots blessants, à faire l'amour pour se venger, à blasphémer, à renier, à faire marche arrière, à écrabouiller, à déchirer les photos, à pleurer son estomac par les yeux, à vider sa mémoire, à déplacer les murs, à traîner dans les bars, à boire trop, à emprunter du pognon, à sortir jusqu'à l'aube, à vivre la nuit, à dormir le jour, à souhaiter en finir, à rejouer la scène, à vivre à côté de la vie, à mettre le feu à son âme, à se laisser aller, à vieillir davantage, à ramollir, à s'ouvrir les veines, à regretter d'être né, à se rouler par terre dans le caniveau, à imaginer l'autre faire l'amour à un autre, à s'arracher les cheveux, à perdre ses cheveux, à prendre du ventre, à se laisser tomber, à parler tout seul, à fatiguer tout le monde, à rencontrer sa grand-mère, à lui balancer son chagrin, à radoter, à devenir con, à se prendre pour le centre du monde, à espionner son ex sur internet.

— À la fin d'une histoire, on devrait toujours partir en se disant merci pour les bons moments. C'est la moindre des choses.

Mouna et ses beaux discours… Dans le fond je suis d'accord avec elle et pourtant je suis incapable d'appliquer quoi que ce soit.

Ne pas se tuer, mais vivre et rendre hommage au bon temps, au temps délicieux que l'on a passé avec elle, avec lui, à faire connaissance, à s'aimer, à baiser et à sombrer avant de couler bouche ouverte sans qu'aucune réanimation puisse sauver le cadavre de l'amour.

Le pigeon mort est la métamorphose des tourtereaux.

Il faut respecter la nature. Ne pas se battre contre elle, ne pas s'en vouloir, ne pas se déchirer parce que l'un ou l'autre a décidé que l'un ou l'autre n'avait plus le droit de lui prendre la main, de l'encercler dans son sommeil, de l'embrasser au réveil, de le pénétrer régulièrement, de former avec lui un cercle.

— Un cercle brisé n'éclate pas mais redevient naturellement une ligne droite.

Je me demande parfois où Mouna va chercher toutes ses phrases à tiroirs. Et si ma grand-mère ne goûte pas dans mon dos aux plaisirs de la gérontoxicomanie.

Devenir vieux, c'est devenir bon perdant.

Le ciel pisse des litres de pluie. Nous partons demain prendre la vague, les embruns, marcher le long des falaises. J'ai trié ses affaires et je lui ai promis de penser à lui acheter un chapeau, parce qu'il est hors de question pour elle de se laisser décoiffer par le vent.

Mouna est très excitée par notre expédition, elle me demande de n'en parler à personne.

— Surtout pas à ton père.

La main sur le cœur, je lui jure.

Puis je la laisse là, allongée sur son lit, seule comme une bique à son piquet, avec son pêle-mêle magnétique en vis-à-vis. Un cadre à gros bords, moche et vert. Ma mère lui a collé tout un tas de photos de famille dessus, pour lui tenir compagnie. On fait tout le temps ça avec les vieux. On leur affiche leur vie d'avant pour qu'ils n'oublient pas ce qu'ils ont perdu. Les photos de vacances dans des endroits où ils n'iront plus, des anniversaires qu'ils ne fêteront plus, des Noëls qui n'existent plus.

Nos vies tiennent donc en quelques clichés alignés, peloton d'exécution attendant l'aube.

Les ex-voto placardés font office de Memory ou de fabrique à cauchemars. Je suis aux premières loges sur la photo du centre avec Alma et Claire, dévorés par l'ombre d'Alice, c'est elle qui tient l'appareil. Bali, été 2003, deux ans avant le tsunami de notre séparation.

Pendant que je referme la porte de la chambre 220, Alma et Claire attendent chez Laurence, leur pas tout à fait belle-mère, avec leurs demi-frères de circonstance, que leur vrai père les ramène chez leur Maman bronzée, qui elle attend toute contente de retrouver ses vraies filles.

13

La Résidence des Lilas s'enfuit dans le rétroviseur. Je passe doucement ma main sur sa joue.

Le plus dur a été de plier son fauteuil roulant. Un techni contact noir, poignées chromées, jantes en alu, deux petites roues motrices à l'avant, deux grandes roues démontables, 425 mm de profondeur, la Rolls des baladeurs de vieillards, capable de supporter 130 kilos de grabataires, paradoxal parce que léger comme une plume ou presque. Mouna le déteste et ne l'utilise que pour les grandes occasions. La dernière fois c'était pour partir avec mes parents visiter une vieille tante. Elle s'est battue comme une lionne pour que la chaise haute reste dans le coffre de la voiture paternelle, question de principe, d'honneur, d'autonomie. Sa canne et point barre, le reste une histoire d'attention et de rythme. Mouna se déplace en mode tortue, Mouna est une sorte de reptile sans carapace mais avec l'essentiel : un cerveau clean doté de toutes ses principales fonctions. Dans sa caboche, c'est Usain Bolt.

Légitimement Mouna la tortue ne veut pas de cette solution de facilité et refuse catégoriquement qu'une infirmière, un fils ou un petit-fils la pousse dans une papamobile dernier cri.

Avec ses 51 kilos tout mouillés, elle a hurlé quand on lui a proposé sans y croire et pour rire un fauteuil automatique à trois vitesses. Mon père dit que si on l'avait laissée faire, elle n'aurait pas dit non pour une chaise à porteurs.

Ça m'a pris un bon quart d'heure pour dompter la bécane. J'ai fini par arriver à mes fins en démontant les deux grandes roues, puis j'ai rabattu les sièges arrière et j'ai tout flanqué dans le coffre en vrac, son sac à malices et ma valise à roulettes.

Pour plus de confort, j'ai choisi de louer une grosse bagnole, une Mercedes élégance c 270 CDI, gris métallisé, assortie à son fauteuil roulant.

Le cuir l'a rassurée, le siège chauffant l'a bluffée, les enceintes à l'arrière la font sursauter. Je baisse la musique, une station passe les Doors, *This is the end...*

Mouna ne connaît pas les Doors. Et moi, je n'ai pas fait la deuxième guerre mondiale.

Ça ne nous empêche pas de nous aimer d'amour, ma grand-mère et moi, et de nous regarder sans parler en roulant droit vers la mer.

Elle passe les premières minutes à serrer le derrière, la main vissée à la poignée, de temps en temps elle tend sa jambe pour freiner, elle ne comprend pas pourquoi on n'entend pas le bruit du moteur, me demande si je respecte les limitations de vitesse.

Je lui commande de bien vouloir mettre sa ceinture de sécurité. Elle me dit que je l'emmerde avec mes histoires de ceinture et de gendarmes, qu'elle n'en a jamais mis et qu'elle ne va pas commencer aujourd'hui.

La Mercedes couine dans un boucan d'enfer.

Mouna ne comprend pas d'où vient le cri strident, elle m'ordonne d'arrêter la sirène.

— La seule solution, c'est de la boucler.

— De quoi ?

— LA CEINTURE DE SÉCURITÉ.

Mouna s'exécute dans un long soupir. Je lui dis de ne pas s'inquiéter et lui propose de mettre un CD.

— Si tu veux. Je ne sais pas comment font les gens pour conduire et écouter de la musique.

J'hésite entre Elvis et Franck Sinatra. C'est Sinatra qui l'emporte.

Fly Me to the Moon. Emmène-moi sur la lune.

Mouna se laisse transporter dès la première note.

Fly me to the moon
Let me play among the stars
Let me see what spring is like
On Jupiter and Mars
In other words, hold my hand
In other words, baby, kiss me

Fill my heart with song
And let me sing for ever more
You are all I long for
All I worship and adore
In other words, please be true
In other words, I love you

La Mercedes est un tapis volant. Je vois dans les yeux pleins d'étoiles de Mouna, au son d'une chanson d'amour, défiler des souvenirs qui pour une fois ne sont pas les miens. Une piste de danse, dans les bras d'un homme, elle s'envole et s'abandonne et moi j'oublie tout.

Elle a mis sa robe à fleurs bleu marine, une marguerite au cœur d'or lui dévore le ventre et une ceinture large serre sa taille de guêpe. Son sac à main sur les genoux, elle farfouille dedans en regardant l'autoroute. La rangée d'éoliennes la scotche. Elle me demande d'ouvrir encore un peu sa fenêtre.

— Je veux respirer un grand coup. Ça m'amuse de mettre ma main à l'extérieur quand la voiture roule vite.

Mouna est un souvenir d'enfance. Elle joue à passer sa main de l'autre côté et à retenir le vent. Le bol d'air commence à 140 sur ce bout d'autoroute. Elle se détend, laisse couler.

— Ton grand-père avait une décapotable. On adorait prendre la route, surtout de nuit, pleins phares. Il avançait bien tu sais, à l'époque on n'avait pas toutes ces limitations de vitesse. Il faut dire qu'on ne faisait pas des bolides comme maintenant. Ces machines sont infernales et on leur demande sans cesse de ralentir. C'est à n'y rien comprendre.

Elle passe un bon moment à ouvrir sa fenêtre et à la refermer aussi sec, saoulée par l'air frais et dur qui cogne dehors. Elle rigole de ses facéties de petite fille agitée, manque de perdre son foulard et le renoue en double nœud pour être bien sûre de ne pas le laisser s'échapper sur la route.

Elle me demande l'heure, puis retourne dans son sac. Je regarde sa main et ses doigts mouchetés, ils partent en serres de rapace à la recherche d'une petite boîte en fer. Disposé en étoile, l'intérieur est sagement compartimenté, dans chacun des alvéoles, des cachets multicolores sont disposés soigneusement.

Elle avale cul sec ses médicaments, la pilule rose a du mal à passer. Je lui tends une bouteille d'eau avant qu'elle ne s'étrangle. Quand elle toussote ses petites épaules tressautent.

Mouna si fragile se redresse et glousse. Notre voyage commence bien. Je la devine heureuse d'être là. Je ne sais pas pourquoi elle tient tellement à aller voir la mer. Je n'ai pas cherché à lui poser trop de questions. Depuis que je viens lui rendre visite, je me contente de lui parler de ma vie.

Je réalise en doublant de gros camions gras sur cette autoroute que je ne me suis finalement jamais intéressé plus que ça à la sienne. Je me contente d'être là, un peu, parfois tout le temps, à ses côtés. Comme si sa présence avait colmaté ma blessure, et que la mienne lui avait permis de rester encore un peu dans la vie : échange de bons procédés entre le déjà plus très jeune et la vieille dame, attaquée un peu plus chaque jour par la solitude dans sa prison dorée.

Ai-je manqué à tous mes devoirs ?

Suis-je à ce point égoïste ?

Oui j'aurais dû être plus curieux, oui j'aurais dû l'interroger, lui faire remonter le fleuve de sa vie à contre-courant, lui demander qu'elle se raconte depuis le début, faire un méga rewind de son existence, appuyer sur la touche play et l'écouter tout déballer la joue collée contre la fenêtre, un œil sur la pluie qui tombe, l'autre sur le compteur d'une existence finissante dans la chambre d'un hospice de luxe.

Je n'ai jamais osé.

De toute façon Mouna n'est pas une balance. Elle ne parle jamais d'elle. Jamais elle n'a évoqué les années noires, l'occupation, la guerre, la résistance, la libération. Mouna ne dit pas vélo, Mouna dit bicyclette parce qu'à l'époque de ses 20 ans on n'allait pas chez Décathlon, on ne roulait pas en VTT pour échapper à la Gestapo, il n'y avait pas de vitesses, on n'avait pas d'autre choix que d'accélérer dans les montées et de dérailler dans les descentes, entre les balles perdues tirées depuis une Traction avant par des mecs en imperméable de cuir noir, comme dans les films.

Je ne sais plus qui de mon père ou de ma mère m'a appris un jour entre la poire et le dessert que Mouna s'était fait, au siècle dernier, pourchasser et mitrailler par les nazis parce qu'elle passait des messages aux Alliés, trafiquait pour contribuer avec son petit mètre soixante-six à la libération de son pays. Ce jour-là, elle n'a dû son salut qu'au creux d'un fossé dans lequel elle a fini par plonger pour n'en sortir, tétanisée de peur, d'angoisse et de froid, que la nuit suivante.

Mouna, une femme française qui pour ses 20 ans a fait la guerre, la vraie. Une fille dans son époque, apprenant un jour de printemps 43 l'arrestation par les Allemands de son mari, parti deux ans plus tôt faire sa guerre mondiale dans son avion de chasse. Puis l'interminable attente, pour se retrouver trois ans plus tard sur le quai d'une gare. Et recommencer de zéro, une vie bouleversée. Comme des millions d'autres femmes Mouna a dû tout réapprendre après la guerre, revivre avec son homme devenu un étranger et retrouver la paix.

Pendant trois ans elle a vécu sous le nom de code de « Silhouette ». Elle a appris dans l'ombre un métier, faussaire. Elle n'avait pas son pareil pour fabriquer de fausses cartes d'identité ou de ravitaillement et changer, au fond d'une cave, le destin des autres. Là est peut-être né son goût du silence, son sens inaltérable du secret. Ne pas parler c'est ne pas mourir, ne pas se raconter pour rester vivant.

On fait comment Mouna quand on a 20 ans, pour vivre cette vie-là ? On fait comment pour pédaler dans la nuit noire la trouille au ventre ? On fait comment pour ne rien avaler pendant tout un hiver et trouver malgré tout que la vie est belle ? On fait comment pour rester zen en écoutant des décennies plus tard la complainte d'un petit-fils qui passe son temps à espionner son ex-femme par le trou du 2.0 et n'a rien d'autre à branler que de se murer dans son insatisfaction en regardant tomber ses illusions ? On fait comment pour lui dire que ce n'est pas un chemin ? On fait comment à ta place pour supporter, comprendre et aimer un type pareil en posant sur lui ce regard doux et ces yeux bleu océan, ces mots de miel et ces gestes tendres ?

Je monte encore un peu la musique et lui propose une cigarette, elle accepte avec plaisir, on a le soleil dans les yeux, elle recrache la première bouffée par le nez pour épargner son rouge à lèvres.

— Quand j'étais plus jeune, je ne sortais jamais sans un porte-cigarette en ivoire.

— En ivoire ?

— Oui mon chéri, en ivoire, c'était mon porte-bonheur. Long et parfaitement délicieux. Il m'a accompagnée pendant de longues années, j'ai même fait graver le prénom de celui qui me l'a offert.

— Et c'était qui ?

— Ça n’a pas d’importance, il s’est certainement effacé avec le temps et je l’ai perdu en 46 dans un aéroport. J’étais morte de chagrin.

14

Peut-être qu'avec Laurence j'aurais pu négocier. Mais il est sûr qu'Alice m'aurait supplié de faire demi-tour, de prendre la prochaine sortie, d'aller fouiller la rubrique « aux environs » dans mon GPS, de cliquer sur l'icône restauration et de nous dénicher une adresse. Certes ça nous aurait coûté un bon détour, mais avec Alice il n'y a pas moyen, elle a la phobie des restaurants d'autoroute. Les bâtiments circulaires, les toits rouges, les bancs dehors, les menus, les machines à café, les aires de jeux pour les enfants, le pain mou, les sandwichs au salami, la propreté des chiottes, le revêtement des sols, l'uniforme des caissières, ça ne passe pas.

Ça m'a toujours étonné ce truc-là, mais sur deux trois points clés, Alice peut rester prostrée des heures et ne lâche jamais. Un jour, j'ai affiché la liste sur le frigo, pour voir, dans le désordre j'avais noté tout ce qu'Alice n'aimait pas : le coton hydrophile, les démarrages en côte, le crépuscule du dimanche soir, le jambon sous plastique, les gens grossiers au volant, les strings, les téléphones portables, les déjeuners en terrasse, les pigeons, le porno, la moto.

La publication officielle de cette liste noire l'a bien fait marrer. Elle en a convenu : tout était juste. Puis elle a voulu la compléter en écrivant aussi tout ce qu'elle aimait, parce que mon ex-femme aimait en réalité plus de choses qu'elle n'en détestait, à commencer par l'équilibre de sa vie familiale, disait-elle. Alice aimait le soleil, un bon risotto dans une trattoria, les week-ends en amoureux, l'odeur de la tartine beurrée, du basilic, de la coriandre et du jus d'orange frais, elle aimait écouter les gens lui raconter leur vie, elle aimait la mer, le bateau, le vin rouge, les marchés, la vérité, être ensemble.

Mouna ne trouve rien à redire au self de cette station-service. Elle est ravie de sa paella, même si les calamars ont un goût de plastique brûlé. Elle trouve que les minibouteilles de rouge sont fantastiques, parce que « le bouchon se dévisse comme une bouteille de flotte ».

On est installés derrière la vitre, et en regardant passer la cohue à l'heure du déjeuner je laisse encore mon esprit vagabonder vers Alice. Je me rends compte à voir ma grand-mère aligner les coquilles vides de ses fruits de mer et tremper son pain dans la sauce que je peux penser à mon ex-femme sans avoir envie de me ruer sur l'ordinateur le plus proche pour en savoir davantage sur sa nouvelle vie. Pour la première fois depuis notre séparation, je ressens quelque chose de doux.

J'achète un carnet et un stylo, retourne m'asseoir en face d'elle, tire une colonne et commence mon interrogatoire. Je veux d'abord connaître ce que ma grand-mère aime et n'aime pas.

C'est la première fois que je lui pose une question, elle n'est pas surprise et rentre dans mon jeu avec joie et application. Elle prend le temps de réfléchir entre deux réponses, avec son sourire facétieux.

Mouna aime la peinture nordique, les châteaux, les vide-greniers, les vieux meubles, bricoler, les gens farfelus, les gens discrets, les gens calmes, faire la cuisine, les beaux sacs et les jolis souliers, la gaieté, les vaches et les gros chiens, son rouge à lèvres rouge, les pulls en laine délicate, le poker, les couleurs pastel inouïes, l'intelligence, les beaux dessous noirs ou blancs, le café, recevoir des lettres, danser, son petit-fils.

Elle n'aime pas le caoutchouc, l'arrogance et la fatuité, les enfants mal élevés, les roquets et les chihuahuas, les gens pas soignés, dormir dans les draps de quelqu'un d'autre, montrer ses jambes, le manque de distinction, les coiffures maniérées, être vieille, la solitude.

Solitude. Mouna a la maladie de tous les vieux du monde. Sociale, spirituelle, physique ou mentale. Passé un certain âge la solitude ne connaît pas la marche arrière, elle vous prend la main, c'est un cheval embarqué, une locomotive lancée à toute allure, un tsunami, la fin du monde, un exil.

Ce sont ces longues minutes à regarder monter le vide autour de soi, à ne même plus avoir envie de s'interroger à voix haute, à rester seule assise sans la moindre émotion, à laisser ressurgir quelques souvenirs dans la crainte qu'ils disparaissent définitivement.

À entendre gémir autour de soi, à se sentir plus fragile et plus faible, à se demander quand va sonner son heure, à chercher les prises pour se raccrocher encore un peu, à lutter face à soi-même, à se discipliner, s'occuper l'esprit, faire un pas, puis deux, multiplier les allers-retours dans une chambre de

20 m^2, ouvrir la fenêtre du balcon pour briser l'isolement, fumer sur la terrasse et écraser sa cigarette.

Et qu'est-ce que j'y connais moi à la solitude ? Enfant du siècle, surentouré, des femmes et des enfants partout et tant d'amis que je ne connais pas. Qu'est-ce que j'en sais moi, le gavé d'amour ? Qu'est-ce que j'y connais moi au problème de ma grand-mère ? Au drame de cette génération, à ces fruits trop secs, ces îlots périmés dont tout le monde se cogne, qui coûtent et ne rapportent plus. Ces vieux sans espoir dont on se félicite d'augmenter chaque année l'espérance de vie, ces vieux que l'on ne calcule pas entre deux canicules.

Entourée par cette salope de solitude la vie des vieux prend des allures de mégots ; je me dis que Mouna est en train de fumer le filtre et qu'elle le sait.

Que voit-elle quand elle se retourne ? Quelle image, quelle sensation, quelle odeur ? A-t-elle été heureuse, un peu, beaucoup, passionnément ? Qui est-elle au fond ? Que peut-elle bien encore désirer ? À quoi doit-elle d'avoir encore la vie sauve et de pouvoir me regarder si paisiblement ? Le plus étrange finalement, c'est ce contraste. Mouna est une terre dévastée mais solide comme un roc. À sa place, j'aurais peur et mal, et je lis une grande paix sur son visage, un sentiment de quiétude, une heureuse mélodie se joue dans ce regard-là, rien de terrorisant en somme, la certitude d'être à sa place. Enfin ? Peut-être ? Je ne sais pas.

Mouna aime ce qu'elle n'a plus ou ne peut plus faire et déteste le peu qui lui reste. À demi-mot avec le sourire, elle me confie son drame le temps d'une paella bon marché. Paradoxalement, c'est la première fois, je crois, que je la vois rire aux éclats et pour la première fois depuis fort longtemps j'ai l'impression d'être un type bien.

15

Sur la route un parfum d'enfance me monte à la tête. L'odeur du foin, des sous-bois, des feux de cheminée, des hortensias sauvages, des rosiers grimpants, du lilas, des primevères et des géraniums. Et aussi à la nuit tombée du lys et du jasmin. Ce sont des étés et des hivers anodins et sublimes, des petites parts enfouies et oubliées, elles remontent soudainement à la surface, viennent éclaircir les eaux troubles du bassin.

Fougères mouillées, coquelicots sauvages, fruits trop mûrs et potagers ordonnés. Le thym, la lavande et le romarin, la sarriette et l'estragon. Plantes galopantes, arbustes odorants, magnolia à fleurs rose crème. Des centaines d'essences aromatiques sous un ciel inégal, des soleils rugissants tombant au fond du puits surveillé par mon grand-père de peur qu'un enfant ne s'y tue. Les pluies glaciales de janvier, les toits poudrés d'une neige capricieuse et boueuse et ces trois allées magnifiques de sable chaud surplombées par ces pins que Mouna, à cheval sur son tracteur, adorait traverser.

Un peu plus loin l'étang et ses perdreaux gris, sa collection de faisans, ses canards au col vert et ses bécasses : oasis à chevreuils et à sangliers.

Et puis il y a la maison. L'antre de Mouna avant la résidence. L'antépénultième, avant la tombe.

Grande bâtisse aux volets bleus, cachée au creux des bois. Un ancien relais de chasse, peuplé d'énormes pièces et de cheminées profondes. Un escalier en pierre desservait deux étages, un long couloir distribuait les chambres. Dans la jaune, une échelle menait au grenier, des combles à grosses poutres avec des toiles d'araignées immenses. La salle de bain était blanche, la baignoire en pied de lion fendue sur le côté, on la disait ancienne, elle me paraissait vieille, très vieille. Je me souviens de la pression de l'eau, elle coulait vive et rapide. L'heure du bain avec Mouna c'était tout un programme, elle nous enroulait mes cousins et moi dans d'épaisses serviettes de couleur et nous envoyait nous sécher au coin du feu, là où, après chaque dîner, elle nous asseyait en face d'elle, non pas pour nous lire des histoires, elle les inventait, mais pour nous apprendre à jouer au poker.

Elle avait appris ce jeu après-guerre avec des amis américains, des militaires, et ça nous impressionnait. Cette passion ne l'a jamais quittée. Personne à la résidence ne joue au poker. Là-bas les vieux sont obsédés par le bridge et pour elle ce désastre est une injustice.

L'été, les grands-parents bluffaient jusqu'à l'aube, et nous on espionnait les matins blêmes, enjambant à l'heure du petit déjeuner cadavres de bouteilles et gros cendriers froids. Assis sur le canapé du salon, nous attendions sagement le lait chaud.

16

La Mercedes dévore l'asphalte au grand galop. Le nez sur le compteur, je ralentis un peu la cadence. 180, 160, 140. La machine s'assagit sur la voie du milieu. Le menton haut, les yeux clos, la mamie a des airs de momie, elle s'est endormie. L'appuie-tête joue le rôle de colonne vertébrale, sa bouche entrouverte laisse passer un bruyant filet d'air, Mouna ronronne quand elle ronfle. C'est un chat.

À quoi peut bien rêver la vieille dame ? À quoi ressemble-t-elle dans ses songes ? A-t-elle, les yeux fermés, le corps de ses 20 ans, celui de ses 40 ou l'enveloppe d'aujourd'hui ?

Prend-elle le parti d'embellir la vie ? D'être immortelle un peu ? Est-elle triste, joyeuse, en colère, folle ou en contrôle ? Inquiète ou simplement détendue ?

Je me dis que Mouna pense au temps qui ne reviendra plus, qu'elle voit défiler dans ses rêves sa jeunesse en lambeaux, embrasse avec son casque d'argent son futur sombre, apprivoise demain, se prépare la nuit à combattre le jour, rassemble ses dernières forces.

Elle n'est pas seule.

Son rêve dessine la mer vers laquelle nous nous dirigeons, elle entrevoit le visage en colère de son mari. Mouna arrive derrière les dunes, s'approche du rivage. Elle caresse le sable, s'enfonce dans l'eau, d'abord un bout d'orteil, puis une jambe, plonge tout habillée et se laisse porter par le courant, le ciel est noir au-dessus de sa tête, c'est un précipice.

Ses mains sont des étoiles de mer. Son expédition ressemble au voyage de Nemo. À la recherche du courant perdu, elle croise sur sa route mammifères et vieux souvenirs, visages, figures, ectoplasmes, formes fantômes, tant d'échos.

Sur l'eau, Mouna l'étrangère fait la planche, les vagues sont un spa géant, elles malaxent son petit corps malingre. Le massage terminé, elle attrape une corde et grimpe à mains nues vers l'extra bleu du ciel, ce nuage qui la suit partout. Il est ange et démon, la relie peut-être un peu à Dieu. Il est son envoyé spécial, peut-être même son correspondant permanent. Elle monte, monte encore, trouve un ponton, s'y réfugie et y laisse l'empreinte de ses petits pieds mouillés. Arrivée à bon port, elle contemple d'en haut le spectacle de la ville. Elle zoome sur une carte géante, distingue parfaitement en pointillés les volets bleus de sa maison et, un pas plus loin, la Résidence des Lilas.

Des lumières clignotent, jaillissent de partout, les lucioles se multiplient et se déploient en éventail. Mouna pousse un grand cri et rigole un bon coup. Elle hurle avec ses mains en porte-voix le prénom d'un autre homme.

Les vieux rêvent toujours de leur amour perdu.

Elle ouvre un œil.

Mon portable vibre. Laurence veut savoir quand je reviens de mon expédition, elle me reparle de son foutu déjeuner.

C'est important me dit-elle que je rencontre les autres. François, Laurent, Nicolas, et même Jacques, il est de passage dans le coin avec son amoureux. Elle me dit que ça sera bien, ce grand repas avec tous ceux qu'elle aime, qu'elle tient vraiment beaucoup à ce que sa famille fasse connaissance avec moi, qu'il y aura les enfants et que ça sera beau. Elle me demande de choisir, mardi ou jeudi, en fonction de Mouna qu'elle ne connaît pas mais qu'elle aime déjà beaucoup.

Laurence aime les autres, même quand elle ne les connaît pas. C'est un miracle d'éprouver autant d'amour. C'est un peu la même chose, j'aime une grand-mère dont j'ignore tout. Et je ne sais pas pourquoi cet amour grandit autant au fil des kilomètres.

— De quoi as-tu rêvé Mouna ?

Elle referme les yeux.

— Tu sais mon chéri, rêver c'est comme avoir des sentiments pour une personne qui ne les partage pas. Ça ne sert à rien.

Elle passe à autre chose comme pour me signifier de ne surtout pas en rajouter.

— J'ai entendu ta conversation avec ta nouvelle fiancée. C'est très amusant. J'espère que tu iras. Si tu veux, on peut rentrer plus tôt. C'est important la famille.

— Non Mouna, on fait comme prévu. Ne t'inquiète surtout pas et pour l'instant ma famille, c'est toi.

Alice, Laurence, Mouna, une chaîne de montagnes, trois sommets, trois visions différentes, du monde, de l'amour, des hommes, et ma pomme en dénominateur commun. Peut-être que c'est ça, être une famille, se faire trait d'union entre des étrangers. Est-ce que Alice, Laurence et Mouna auraient croisé leur chemin sans moi ?

La vraie famille est celle que l'on se construit accidentellement.

Mouna m'inspire, j'ignore pourquoi, en l'emportant sur la route de son dernier rêve j'ai enfin la sensation de savoir qui je suis.

Je cultive mon cercle, j'y fais pousser des emmerdes et de la grâce, je me clôture avec des femmes, une garde rapprochée bigarrée, jalouse et rebelle, elles sont le souci et l'issue, mes astres et mes boulets. Je songe à la grande harmonie en foutant un bordel monstre, j'ai l'autodestruction fertile, la créativité déchirante lorsque la vie me demande de choisir. Je me libère. Je laisse enfin Alice à sa nouvelle vie et me sens prêt à entrer dans celle de Laurence, sa vision du monde, ses histoires d'amour qu'elle refuse d'enterrer complètement, ses garçons inconnus et mes filles. Alma et Claire, bouts de moi non négociables, passagères à vie de mes errances.

Cette route est riche d'enseignements : je veux arrêter d'avoir mal quand je regarde en arrière, d'avoir peur quand je regarde en avant.

J'avance avec ma drôle de guide que j'aiguille et dirige et tout devient clair.

L'autre famille, celle de nos parents, de nos frères, de nos sœurs, elle ne colle pas. Cette famille-là, on passe son temps à la désirer et sa vie à la fuir. Quel est le publicitaire qui a pondu le slogan et a vendu cette idée, que la famille et ses mille héritages sont la base du bonheur ?

Je la regarde, tassée, fragile, ailleurs et secrète, et je la choisis, non pas comme grand-mère mais comme amie. Je fais de Mouna mon autre femme, j'oublie la mère de mon père, les racines, les plantes sauvages qui viennent ronger l'arbre de la descendance, je coupe la branche à la tronçonneuse et je rentre du petit bois pour nourrir mon feu intérieur. Je prends Mouna sous mon aile pour répondre à mon désir et satisfaire ma joie, je suis avec elle parce que ça me rend heureux de l'aimer simplement.

J'ai envie de lâcher le volant, de la serrer dans mes bras, de nous envoyer dans le décor. Je ne me suis jamais senti si vivant. En quittant l'autoroute, pour la première fois en trente-sept ans, je me dis que la vie est belle.

17

Au loin on devine la mer et les hautes falaises à craie blanche. Les arches naturelles se dévoileront dans quelques minutes. On se régalera de ces roches plongeant comme des roseaux dans l'océan. On jouera à trouver le rocher à forme d'éléphant, Mouna me racontera quel écrivain fut le premier à évoquer la trompe et à écrire que la bête avait soif. J'écouterai son histoire et je ferai comme si c'était la première fois.

Pour l'heure, la route sillonne encore la campagne, le vent masque toujours l'odeur de la bruyère et les effluves marins.

Le bitume laissera bientôt place au chemin de terre, au parterre sauvage de séneçon laineux, aux fétuques rouges, à la lande à ajoncs.

Instantanément Mouna saura reconnaître les trèfles velus, m'expliquer les anthyllis vulnéraires, me parler de ces antipathiques choux marins que j'ai toujours trouvés tristes et moches.

Nous longerons bientôt la côte sauvage, on aura le vertige en admirant de si haut le goéland brun se jeter dans le vide, on lui inventera une histoire et on lui trouvera une destinée.

Mouna acceptera de monter dans son fauteuil roulant, et de toutes mes forces je ferai avancer la machine. Ça roulera bien autour des herbes hautes, le sentier sera dégagé, l'herbe humide se couchera sur notre passage, nous laisserons l'empreinte de notre virée en écrasant les bords, un peu. Nous oserons avancer jusqu'au précipice, j'installerai une couverture noire sur ses genoux et je déploierai son châle de soie gris sur ses épaules pour qu'elle n'ait pas froid. Le vent capricieux le soulèvera par rafales, il gonflera l'étole en forme de cerf-volant. Mouna fera son possible pour le retenir, elle finira par tirer les bords et faire un nœud sur son cœur.

Nous aurons faim de crabes, d'étrilles, de tourteaux, de langoustes, de patelles crues sur des tartines beurrées et de bigorneaux. On se serrera dans les embruns, on laissera la pluie fine nous caresser un peu, on ouvrira grand nos poumons et nous serons décoiffés.

C'est un temps de chien, mais l'humeur est joyeuse.

Mouna fredonne en écoutant cette chanson belle à crever d'Elvis. Elle ignore tout des paroles. Et je reprends avec elle en actionnant les essuie-glaces.

Wise men say only fools rush in
But I can't help falling in love with you
Shall I stay
Would it be a sin
If I can't help falling in love with you

Like a river flows surely to the sea
Darling so it goes
Some things are meant to be
Take my hand, take my whole life too
For I can't help falling in love with you

L'hôtel est un petit manoir. Il surplombe la ville à flanc de colline, perché sur une falaise il est noyé dans la végétation, dépaysant. En face, un petit sentier dégouline en terrasse, au bout l'espace donne une impression d'infini. Car à l'arrivée il n'y a rien, juste le ciel et, cent mètres plus bas, la mer. Ils se répondent en miroir selon la lumière du jour, allant jusqu'à se mélanger parfois dans une claque incestueuse et roublarde, surtout quand la brume vient cacher l'horizon, dessine un mur grisâtre et cotonneux. Difficile alors de savoir où commence le précipice. Pour éviter les accidents, une barrière sur un promontoire clôt la zone avant la fin. Au-delà le danger guette, une simple glissade et c'est le vol plané et la disparition dans les airs, la chute, l'atterrissage crâne fracassé contre la pointe d'un rocher. La fin d'une époque.

Les jours de tempête, les arbres se couchent à l'horizontale, le tollé du ressac réveille le visiteur en pleine nuit, il cogne et résonne jusqu'aux portes.

C'est Mouna qui m'a fait découvrir l'Hôtel des Deux Chats. Il doit son nom à ses tourelles musclées par des bow-windows au-dessus desquelles une paire de félins en pierre surveillent l'horizon. Les deux vigies seraient une référence à une vague histoire de marins, un hommage aux habitants de l'ancien phare morts je ne sais plus très bien quand dans une tempête après avoir sauvé de peu la vie de dix pêcheurs en perdition. La légende des deux chats parle de sacrifices humains et ne donne pas envie d'en savoir davantage, elle fait pour tout dire froid dans le dos.

Malgré l'humidité permanente des lieux, Mouna a toujours aimé venir ici, surtout au printemps.

J'ai des souvenirs de chasse aux œufs de Pâques cachés dans tous les recoins, et je revois le soir tombant ma grand-mère s'échauffer avant ses parties de poker, un whisky dans une main, une paire de rois dans l'autre. Clope au bec, Mouna me donnait toujours son feu vert pour rester encore un peu traîner dans les parages, en pyjama et robe de chambre. En un clin d'œil, elle demandait au propriétaire de me brancher en douce la télévision. Plus tard, beaucoup plus tard, elle m'encourageait à m'aventurer dans la nuit avec les autres enfants de passage et à ne surtout pas avoir peur.

Elle me poussait, chaque fois qu'une fille de mon âge débarquait, à faire connaissance avec elle. Elle se dressait devant moi et m'ordonnait à voix haute de monter les valises de la première grue venue. En rigolant, elle assurait à la demoiselle que son petit-fils connaissait bien la nature. Que je pouvais, si le cœur lui en disait, lui faire faire le tour du propriétaire, l'emmener voir le clair de lune et lui raconter les étoiles.

Je n'ai pas eu à chercher bien loin quand elle m'a demandé la mer.

Je savais que revenir ici des années plus tard c'était son rêve. J'avais vu juste. En composant le numéro j'ai espéré jusqu'au bout, mais les anciens propriétaires avaient vendu depuis longtemps. C'est donc en parfaits inconnus qu'un couple d'une cinquantaine d'années nous donne la clé de notre chambre. Installés depuis huit ans, ils n'ont pas changé grand-chose à notre maison de vacances et, conformément à ma demande, le type me tend les sésames des chambres 14 et 15, les deux seules communicantes de l'endroit, celles que l'on réserve d'ordinaire aux familles avec des enfants en bas âge. Plus rarement aux petits-fils et à leur grand-mère. Mouna insiste pour prendre la plus petite des deux, elle ne veut rien savoir. Je suis obligé d'accepter, de la faire dormir dans mon lit d'enfant et de prendre sa place. Cette inversion des rôles me fait subitement basculer dans l'âge d'homme. Il était temps.

Passé la réception, quinze chambres se faufilent, certaines en embuscade au détour d'un escalier tordu, leur numéro clignote sans prévenir sous les issues de secours vertes, brille quand la lumière est éteinte.

Mouna escalade doucement les marches, agrippée à mon bras, elle laisse traîner sa canne sur le sol, ça fait un curieux xylophone. Les sauts de cabri ne sont pas terminés pour autant.

18

Le grand lit polonais un peu court, les lampes de chevet et leurs abat-jour posés comme des bérets de travers, le petit bureau en bois lourd, la banquette orange pour poser ses affaires, les franges irrégulières du tabouret en velours, toujours calé derrière la porte, la lampe murale en faux cristal, le tableau au-dessus du lit, un couple enlacé par une grappe de raisin. Rien n'a bougé depuis la dernière fois. Un peu délavé par endroits le rouge de la toile de Jouy tire toujours vers le rose. Ici et là quelques auréoles, l'humidité gondole toujours autant la toile, les personnages se dressent devant nous en relief. Trois scènes clés se répètent à l'infini le long de la chambre.

Sur la première, deux femmes sont à la chasse. L'une joue du cor et tient en laisse trois petits chiens fureteurs, l'autre bande un arc et indique la direction à suivre. De plus gros chiens aux abois font leur apparition, ils courent après un cerf bondissant, fuyant la meute apeurée. Traqué, à bout de souffle, il prend la direction des marécages, une flèche se plante dans son épaule quand le tableau s'arrête net, coupé au montage. La partie de chasse laisse place à une rase campagne. Seulement habitée par une lourde maison en pierre, peut-être la partie visible d'un hameau, elle me fait penser à la Résidence des Lilas. Un homme à genoux prend soin d'une mule, elle a l'antérieur entravé dans un piège à loup. Les arbres sont toujours penchés dans ce genre de décor. La dernière scène est tout aussi naïve et brutale. Seulement masqué par un maigre peuplier, un château fort se dresse en arrière-plan. Dans le ciel, deux angelots volent, ils transportent sur un épais nuage le médaillon d'une femme. Son profil masculin ne m'a jamais plu. Enfant, j'évitais de croiser dans l'obscurité son œil mort, menace de cauchemar certain. De nouveau face à elle des années plus tard, je me souviens d'un cri en pleine nuit et des bras tendus de Mouna pour me consoler.

Je revois encore mon grand-père dans l'ombre de la porte. Il se tenait toujours silencieux derrière Mouna donnant l'impression de la protéger et nous n'osions rien dire, de peur d'énerver un peu trop ce géant placide et de réveiller le volcan. Il lui suffisait de hausser le ton à peine pour nous faire obéir. Pour le reste, ce taiseux ne parlait presque jamais à ses petits-enfants, il se contentait d'opiner du chef à chaque remarque de ma grand-mère.

19

J'ai vidé sa valise, plié ses affaires et posé sa chemise de nuit sur son oreiller.

Mouna est assise sur le fauteuil du bureau, elle a tourné la chaise face à moi. La lumière du jour qui s'enfuit balance des rayons ocre par la fenêtre, le filet de lumière s'emmêle dans ses cheveux d'argent, avec le voyage sa mise en plis a pris un sacré coup, et l'obscurité renvoie une sorte de dragon difforme sur le mur. Il a la gueule ouverte et vient bouffer les clébards de la toile de Jouy. Le crépuscule picore la moitié du visage de la vieille dame, de l'autre côté l'ombre l'efface progressivement : un spectre se tient désormais devant moi. Dehors, deux grands pins immobiles nous observent derrière le carreau.

Le calme est un confessionnal, il nous offre cette certitude d'être seuls au monde. Fantôme à contre-jour elle me murmure à feu doux.

— Je suis heureuse, Antoine, je te remercie. C'est formidable d'être ici. Que tu aies eu la délicatesse de me faire revenir là où nous avons passé tant de vacances ensemble.

— Moi aussi je suis heureux.

D'être là avec toi, des années plus tard.

J'ai tout d'un coup des tonnes de souvenirs qui remontent. J'avais enterré tout ça, un peu trop vite.

— Tu avais oublié ton enfance ? Tu sais c'est utile parfois de la serrer près de soi.

— J'imagine que ce genre de pèlerinage sert à ça.

Mouna s'avance doucement vers moi et dans un rai de lumière brusquement s'éclaire, reprend d'une certaine façon forme humaine. Elle ouvre ses yeux immenses et m'explique que malgré le temps, les rides et la mémoire qui flanche, les jolies choses restent intactes. Alors quand la vie fait sa garce, parce que la vie peut facilement nous faire dérailler et prendre un mauvais tournant, il ne faut pas hésiter à descendre au plus profond de soi et refaire jaillir une odeur, une matière, une image, une note de musique, quelque chose de doux pour affronter la violence et, surtout, s'en protéger. Se faire la belle n'est jamais compliqué. On a tout un tas de ressources à disposition à l'intérieur de soi, il suffit de prendre la peine d'aller les chercher.

— Et toi quand tu te retournes et que tu regardes ta vie, as-tu été heureuse pendant toutes ces années ?

— J'ai appris une chose mon Antoine, le bonheur on s'en fout, ce n'est pas ça qui compte, finalement. Parce que ça veut tout et rien dire. Ce qui est important en revanche c'est la joie. Et la joie, j'ai appris à la reconnaître, à faire connaissance avec elle, au moins une fois, mon Dieu ! Oui, mon petit-fils j'ai été heureuse, très heureuse, bouleversée à en mourir, et puis j'ai choisi de tourner le dos. Parce que je n'étais pas prête à tout laisser derrière moi.

— C'est-à-dire, tout laisser ?

Un ange passe. Mouna stoppe la conversation, zappe et change de chaîne.

— Pour une fois que je vais pouvoir m'offrir un whisky, je compte bien en profiter. Mon dernier verre remonte à Noël dernier chez ton père, tu te rends compte ? Quelle honte, on laisse les vieux se dessécher. Allez prends-moi le bras et emmène-moi.

20

Le bar dégage un côté très anglais carte postale. Le comptoir en bois dessine un demi-cercle, plein centre trois tireuses à bière parfaitement lustrées donnent le *la*. Derrière, les miroirs jouent parfaitement leur rôle d'écho à l'autre glace en face. Agrandissant la pièce en enfilade, ils multiplient à l'infini les maquettes de bateau glissées entre les bouteilles de vieux rhum et la pyramide de verres à whisky. De loin, de reflet en reflet, on dirait qu'ils bougent sur une mer d'huile.

Il émane de cette pièce une ambiance de nuit même en plein jour, la lumière tamisée y est pour beaucoup. Banquettes et fauteuils de velours grenat sont éclairés par de petites lampes posées sur des tables acajou, elles dégagent un rouge de maison close, favorisent les confessions. Les murmures montent en volutes de fumée et viennent s'écraser contre les poutres imposantes du plafond en pierre ou partent mourir dans la grande bibliothèque, traîne-poussière où s'empilent dans le désordre atlas, volumes anciens et revues maritimes contemporaines. Ci et là des cadres entourent goélettes à trois mâts toutes voiles dehors et croûtes sans trop d'intérêt de flibustiers caricaturés au fusain par des artistes du coin.

Mouna a chaussé ses lunettes et s'arrête sur l'un des tableaux. Une reproduction de la légende du phare m'avait échappé. Le sauvetage des dix marins par les deux vigies et leur sacrifice, l'âme du lieu. Elle lit à voix haute l'écriture pattes de mouche en bas à droite en guise de devise ou de signature :

— « Sacrifice et renoncement. » Ce sont les deux mots les plus vilains de la langue française.

Devant son Aberlour dix ans d'âge, Mouna glousse comme une collégienne à quelques heures de son premier baiser. Elle a demandé les glaçons à part, juste pour, m'explique-t-elle, sentir le plaisir de plonger sa main dans la glace et de les jeter comme des cailloux dans l'eau.

— À chaque glaçon, un vœu. J'en prends deux, je fais deux souhaits. Il faut qu'ils se réalisent. Que tu trouves enfin l'amour que tu mérites et que tu arrêtes de marcher en crabe.

— C'est-à-dire en crabe ?

— Un œil devant, un œil derrière. La meilleure façon de ne pas avancer.

— Et pour toi ?

— Que le Bon Dieu ne me fasse pas trop souffrir quand il daignera m'arracher du plancher des vaches.

— Tu es immortelle Mouna.

Mouna a peur de mourir et moi j'ai peur de vivre. La fine équipe se serre les coudes en trinquant, verre contre verre, ce whisky est un pacte tacite, notre façon à nous de vaincre nos inquiétudes. À la deuxième gorgée, je sens qu'elle se détend, je prends sa main doucement et la caresse avant de lui baiser, hommage respectueux à ma grande dame.

J'ai l'impression d'avoir, peut-être un peu trop tard, trouvé un trésor en poussant la porte de la Résidence des Lilas, ouvert l'accès qui me faisait défaut jusqu'ici, celui de l'héritage et de la transmission.

Loin, très loin des leçons pontifiantes que nous infligent parfois nos aînés, recommandations aussi creuses que fastidieuses sans rien autour, ni force ni faiblesse, crues, dénuées de toute émotion, insensibles et froides, illisibles comme un manuel de théorie sans conviction dont on ne retient, au final, jamais rien. Avec elle c'est autre chose, Mouna n'a pas besoin de tout me dire pour que je comprenne, je commence à lire en elle comme sur un atlas, à déchiffrer même de loin les frontières, les coupes, les zones de non-droit, à sentir ses silences, appréhender ses non-dits, décrypter ses allusions, percevoir la femme qu'elle a pu être à mon âge, ses troubles d'adulte, ses passions contrariées, la ligne pas droite de son existence.

La vieillesse est un trompe-l'œil.

À les voir penchés sur leur déambulateur, affalés dans leur chaise roulante, en mettre partout en mangeant ou baver en s'endormant, on oublie que derrière les rides, dos voûtés et mots croisés pour les plus vaillants, il y a eu nous.

Des hommes et des femmes en pleine force de l'âge, faits de rêves, de doutes, de certitudes, de projets, d'envies, de fantasmes, de révoltes aussi, d'insatisfactions, de colères, d'amours et de passions. Il y a eu toutes ces histoires, légères et graves, découvertes et cachées, assumées et ratées. Ces espoirs et ces désillusions, ces chagrins et ces joies, autant d'orgasmes et de petites morts. Les vieux vivent en secret avec le même besoin de consolation que nous. Leur vie n'est pas cette trajectoire lisse et ordonnée que l'on s'imagine enfant observer, souvent dans la confiance de notre extrême jeunesse, parfois dans la crainte. Les vieux ont simplement muté, mais à l'intérieur ils sont ce que nous sommes, amas craintifs bourrés de cette envie d'amour qui nous obsède jusqu'à nous rendre aveugles, nous encourage à imaginer que personne ne peut comprendre notre quête. Que personne n'a jamais rien vécu avant nous, que nous sommes les seuls à savoir, à vivre avec ces blessures et ces manques, ces lâchetés et ces obsessions, ces vagues et ces creux. Nous supposons la vie des vieux, mais nous n'osons jamais la connaître car son reflet rassurant peut, s'il se précise un peu, nous terroriser, concourir à la chute toujours inévitable de nos illusions.

C'est pour ça que jamais, au grand jamais, on ne prend le risque d'imaginer un instant que sa grand-mère a pu au moins une fois tromper son grand-père, baiser entre deux portes avec un autre, qu'elle aussi a dû, par ricochet, tricher, voler, se compromettre en douce ou à visage découvert, qu'elle a connu le feu, la rage et les atermoiements, les envies d'en finir, le goût extrême de la liberté, le péché de la chair, pour combattre elle aussi à nos âges le vide débile et abyssal qui nous étrille.

On n'a pas d'autre choix que de tomber de haut lorsqu'on cultive la certitude que derrière tous ces croulants il n'y a jamais eu d'histoire d'hommes et de femmes, que des bérets et des médailles d'ancien combattant rangés au fond d'un tiroir. Les jeunes gens se contentent de cette absence de lumière.

C'est que les vieux sont des miroirs que l'on fuit pour ne pas avoir à penser à demain et éviter encore un peu le chaos irréfutable qui nous tend les bras.

21

Devant cet Aberlour qui réchauffe, la peau de Mouna se tend et se tend encore. Son corps fait une énorme marche arrière, le nez collé au rétro elle remonte le temps. Le gris de ses cheveux devient auburn, le contour de ses yeux se redessine clairement, la peau de son cou se tire et s'éclaircit, son décolleté ferme et plongeant reprend vie, ses mains lissées font ressortir au bout de ses doigts des ongles rouges et fins, le bleu du saphir qu'un homme vient de lui offrir. Il répond parfaitement dans un camaïeu à la prunelle de ses yeux, un simple trait de crayon en délimite les contours et appuie selon la lumière cet air insaisissable et profond qui la définit complètement. Elle a la tête un peu penchée en sirotant son verre, elle boit à la paille et, concentrée, relève un peu le sourcil au fur et à mesure que vient à sa bouche l'eau plate qu'elle a sobrement commandée au serveur en s'asseyant pleine de grâce sur le petit tabouret de cuir.

Elle a croisé ses jambes en tirant délicatement sur le pan de sa robe à pois blancs.

Elle balance mécaniquement son pied droit, au bout vacille cette chaussure à talon qu'elle a choisie avec la gourmandise des filles concernées par la mode du moment.

Elle pose son verre et va chercher dans son petit sac à main en cuir brillant son porte-cigarette en ivoire qu'elle pose en douceur sur la table.

Elle plante ses yeux dans les miens et sans sourciller sort maintenant un étui à cigarettes en argent.

Elle goupille un clope dans le trou, je gratte une allumette, elle s'avance un peu vers moi, pose sa main sur la mienne pour se maintenir en équilibre et allumer le tabac qui prolonge sa bouche rouge et pulpeuse.

Elle me demande de l'emmener danser.

C'est un long frisson.

22

Le plateau arrive au bout du bras poilu du serveur. Manche retroussée à mi-biceps, il a pris la commande en s'essuyant d'abord abondamment sur son tablier bleu marine recouvert de taches. Il a relevé le menton et noté avec application la commande passée par Mouna la tortue, ayatollah du plateau de fruits de mer, docteur ès tourteaux.

Ses demi-lunes posées sur la pointe du nez lui conféraient de faux airs de bonne-maman, tranchant avec le ton docte induit naturellement par l'envie de : 12 huîtres creuses n° 3, 6 huîtres plates n° 2, 4 oursins, un bouquet de crevettes roses, un autre de crevettes grises, 4 langoustines, 1 tourteau, 400 grammes de bigorneaux, sans oublier of course : bulots, palourdes, coques, citron, vinaigre de vin rouge, échalote rose, mayonnaise, pain de seigle, beurre, algues et glace pilée.

Un ton sûr et autoritaire, que les deux gros yeux du serveur ont accueilli avec amusement et bienveillance, me balançant, entre deux silences de la vieille dame, des petits sourires complices face à l'enjeu extrême de ce moment précis de la soirée.

Mouna trouve le serveur impeccable.

Impeccable pour ma grand-mère ça veut tout dire et surtout qu'il s'est passé quelque chose de rare entre elle et lui, le temps de cet échange furtif et anodin, le serveur l'a reconnue. Mouna trouve le type IMPECCABLE alors qu'objectivement il ne l'est pas, avec son tablier gras, ses poils et ses manières rustres. Mais en souriant, en me prenant comme complice et surtout en la considérant avec toute la meilleure attention du monde, il a fait quelque chose de grand, d'IMPECCABLE. Il l'a remise au centre de la vie, sans pitié ni arrogance, avec cette justesse délicate, la bonne dose d'égard et de respect, non pas comme une petite vieille, gentille ou très chiante avec sa manière précise de commander ces 12 huîtres trucs et ses bols de crevettes grises, mais avec générosité et civilité : sans en faire des caisses. Pendant cinq minutes, il lui a offert la possibilité de monter sur les planches et de tenir le premier rôle.

Dans tous les restaurants occidentalisés de l'univers, les vieux n'ont pas le droit au chapitre. Bien sûr, nous leur demandons en articulant ce qui leur ferait plaisir et nous les prenons un peu en compte à partir du moment où leur choix reste compatible avec leur traitement médical dans le meilleur des cas ou avec le budget que nous nous sommes fixé, exactement comme pour nos enfants.

Alors autant le dire clairement, lorsque se dessine l'enjeu d'un plateau de fruits de mer, avec toute la complexité et la technicité qu'impose une telle commande, aucun jeune ne prend jamais le risque de confier une mission aussi importante à « son pépé » ou à « sa mémé ».

Arrive un moment où, infantilisés comme des acteurs de cinéma, les vieux n'ont plus qu'à fermer leur grande gueule. Ce qui est pratique c'est que généralement ils sont sourds et souvent ne voient plus assez pour bien lire les menus.

Pourquoi dans les restaurants les ardoises sont-elles toujours accrochées au loin avec les plats du jour écrits en petit à la craie ? Pour éviter qu'ils envisagent une seule seconde de prendre l'initiative de dire ce qui leur ferait plaisir, leur rappeler que parmi la centaine de trucs cool qu'ils ne peuvent plus faire, se souvenir, peindre ou faire l'amour, il y a aussi ce plaisir-là : passer commande d'une bonne bouffe.

Dans leur maison de retraite les détenus de la Résidence des Lilas ne commandent plus jamais rien et se contentent d'obéir, faibles et serviles, avec seulement encore dans leur tronche quelques rêves d'évasion morts à jamais et une seule option : hiberner définitivement dans leurs trous de mémoire.

Mais Mouna, elle, à 88 balais, voit bien, entend bien et passe les commandes comme une grande fille bien dans son âge. En tout cas suffisamment pour, après deux whiskys, goûter ce verre de blanc sec parce que :

— Des fruits de mer sans blanc sec, c'est pas franchement impeccable, nom de Dieu.

Quand je la regarde je trouve que la nature est une chienne de nous faire un jour ce coup-là. On devrait tous mourir avant la limite de la dépendance. Mais comment fixer cette ligne jaune ? Comment savoir quand ça nous tombe dessus ? Je ne sais pas à quoi je ressemblerai à son âge, ni même si j'irai jusque-là, être vieux sans vraiment me sentir vieux, mais l'être aux yeux des autres et vouloir pour me protéger du monde la jouer comme Mouna, me mettre de moi-même à l'abri dans une maison de retraite, endosser le brassard du plus vaillant de la bande en me répétant au fond de moi que j'ai encore du temps comparé à mon voisin, et pourquoi pas toute la vie devant. Ou alors je ferai l'inverse, je resterai chez moi jusqu'au bout, jusqu'à ce que mort s'ensuive, que l'on me retrouve quelques jours après mon accident, le crâne enfoncé sur l'une des marches du grand escalier. Et je m'étonne que Mouna n'ait pas choisi cette option, l'indépendance jusqu'au dernier soupir. Cela me surprend que malgré son caractère de guerrière elle ait décidé de venir si bourgeoisement se mettre à l'abri avec les plus bons à rien de sa génération, les moins résistants, les plus faibles.

Je ne sais pas ce que je ferai si je me retrouve un jour à sa place, un pied sur la ligne jaune. Je ne sais pas, et je n'ai pas super envie de le savoir. Je me dis seulement en la regardant sortir son bulot avec classe que c'est complètement idiot d'avoir attendu si longtemps pour revenir ici. Que si j'avais su qu'une balade aussi simple pouvait nous remplir d'autant de joie, nous aurions pris la route avant.

Que c'est quand même mieux d'être là tous les deux plutôt que de me morfondre devant la vidéo du mariage d'Alice, les photos de son voyage de noces, d'entretenir la nostalgie de mes ratages, de polir mon nombril avec tous ces regrets arc-en-ciel, de rester immobile face à la vie qui fout le camp, de n'être plus vraiment père et très loin d'être un peu beau-père, de me retrouver encore jeune autant à côté de la plaque, à gâcher le peu de temps qu'il me reste, marcher en crabe, ne rien faire de bien de mon existence, le cul vissé sur mes indécisions, au point mort. Le dos tourné à la vie.

23

Ma grand-mère trouve notre plateau follement romantique. Noyé dans mes huîtres, je raconte à Mouna que mes dernières crevettes roses remontent à Laurence.

C'était au tout début, le lendemain de ce dîner chez des amis communs. Enfin, amis pour elle, vagues connaissances amicales pour moi. Un dîner comme des milliers de dîners où se mélangent, passée une certaine heure, les bouteilles de vin apportées par les convives.

On s'est salués au début puis presque perdus de vue à cause du vase de tulipes gigantesques qui bouffait le coin de table et nous dissimulait franchement, me laissant seulement entrevoir par bribes, selon la position qu'elle adoptait, un bout de son front, une parcelle de ses yeux et surtout, je me souviens très bien, son cou de girafe. Vu de là, il me paraissait long à n'en plus finir, à la façon de ceux des danseuses d'opéra. À la fin des clémentines, j'ai pris l'immense initiative, un peu désinhibé grâce aux vapeurs d'un cahors dégueulasse acheté par je ne sais qui chez l'Arabe d'en bas, de virer les tulipes et de dégager l'horizon.

D'échanges en banalités Laurence est restée maîtresse d'elle-même, faisant tournoyer à l'arrière de sa tête autour de son index cette longue mèche brune et tordue. Puis elle a posé ses mains sur ses joues et avancé sa tête au milieu de la table, en position lotus à l'écoute, je l'ai trouvée épatante plantée devant moi aux aguets. C'est à cause de cette position et de son allure d'étoile que j'ai fini par oser lui prendre son numéro, non sans avoir demandé leurs coordonnées à ses deux voisins, entraînement de timide plein de tact, tactique grosse comme un camion. J'ai fini par faire échouer mon BlackBerry vers son menton, en la désignant, elle a dégainé sans même que je lui demande son 06. Elle n'a pas eu la mauvaise grâce de répondre à mon premier texto envoyé fin bourré quelques heures plus tard du fond de mon panier de père célibataire fraîchement divorcé.

Et j'ai continué à faire comme si de rien n'était : asperger du parfum d'Alice ma taie d'oreiller avant de la serrer comme un fou sur mon plexus solaire et de m'écrouler regrets lourds dans yeux éclatés.

Vers 11 h le lendemain, elle m'a écrit simplement que ça lui ferait plaisir de me revoir à l'occasion. Occasion que j'ai immédiatement saisie le soir même en l'invitant à dîner dans ce restaurant de fruits de mer qu'Alice m'avait fait découvrir un soir de décembre.

Attention, ce restaurant n'était pas un truc lourd non plus, pas une enseigne glauque spécialisée en premier rencard, anniversaire de mariage, etc. Non, c'était une brasserie jaune et dorée avec une atmosphère rococo suffisamment théâtrale pour ne pas faire fuir la prochaine fille que l'on souhaite avec application faire glisser dans son lit, le parfait cul-de-sac, tendre et moelleux.

Très vite on a mis les choses au point, Laurence m'a laissé les huîtres et moi je lui ai donné mon demi-tourteau, et à la lumière d'une bouteille de blanc sec, nous avons fait dérouler la soirée, sans réussir toutefois à éviter d'aborder un sujet de jeunes déjà un peu vieux : les enfants.

— Et tu as réagi comment quand elle t'a expliqué qu'elle avait trois grands garçons ?

— J'ai eu envie de fuir, pardi ! Envie d'aller me coucher direct dans mon lit, seul, de devenir moine et de m'enfermer pour l'éternité dans un monastère ! Et puis elle m'a pris la main, elle l'a portée à sa joue comme pour me souffler, n'aie pas peur Antoine, ça arrive ces choses-là. Tu vois Mouna, jamais je n'aurais imaginé un truc pareil, ce qui est complètement idiot à notre époque, mais bon les enfants des autres, sur le papier, c'est pas fait pour moi.

— C'est la vie moderne Antoine, il faut s'adapter. Et te faire à l'idée d'être père et beau-père. Tu es décidément vieux jeu. À mon époque avoir autant de choix et de liberté, ce n'était pas donné à tout le monde, il fallait une force incroyable. J'en connais qui auraient tué pour être à ta place.

Mouna m'explique avec sa conviction de grand-mère nostalgique que j'ai suffisamment d'amour en moi pour reconstruire ailleurs un noyau et que ça ne vaut pas le coup de rester sur le quai à regarder passer les trains, que cette Laurence, là, lui semble tout à fait valable et que de toute façon on s'en moque bien de savoir combien de temps ça va durer.

— Parce que la vie passe tellement vite qu'on n'a pas le choix, il faut la mordre à pleines dents en acceptant que les situations nous échappent, sans s'en faire.

Ne pas s'en faire, Mouna me demande de ne rien supposer, de vivre l'instant présent et surtout de toujours, oui toujours faire de mon mieux.

— Le passé tu ne peux pas le changer et tu ignores tout du futur. Vis au présent, aime au présent, c'est la seule solution pour ne pas tomber malade. Tu verras bien demain ce que l'avenir t'a réservé.

Au crépuscule de sa vie, Mouna a encore la mansuétude de bien vouloir me rassurer. C'est elle qui me prend la main et me passe du baume sur le cœur, mon petit cœur trouillard, faible et inquiet. Mouna la tortue se précipite encore une fois à mon chevet, elle accourt exactement comme lorsque, enfant, je faisais des cauchemars dans la chambre rouge de l'Hôtel des Deux Chats et que je hurlais son nom dans la nuit.

24

J'ai mis mon portable sur silencieux et je ne découvre le message qu'au moment du dessert. Mouna, qui enfonce sa cuillère dans sa pêche Melba, a l'impression que je vais m'étouffer. Déformée par les décibels et le grésillement du répondeur, la voix de mon père a la texture de celle de Dark Vador, et la colère qui jaillit en geyser m'ouvre les tympans en deux. La fronde paternelle sort de l'appareil et s'éparpille façon puzzle sur le chemisier en soie de la tortue.

— Petit con irresponsable ! Pour qui te prends-tu ? Tu crois que tu peux prendre ta grand-mère sans prévenir personne et la trimballer je ne sais où ? Je te rappelle que c'est moi qui décide de ce que peut ou ne peut pas faire Mouna. J'ai dû dissuader le directeur de prévenir la police, il est très énervé que tu aies kidnappé ta grand-mère. C'est contre le règlement d'emmener quelqu'un pour le déjeuner et de ne pas la ramener le soir sans prendre la peine de prévenir. Tu commences vraiment à me faire chier ! Tu la ramènes : maintenant !

— Ton père est furieux, n'est-ce pas ?

— T'as gagné Mouna.

Mouna m'avait fait promettre de ne rien dire de notre escapade, j'ai tenu parole et je me suis contenté de la faire disparaître sur la pointe des pieds, de lui faire vivre la belle évasion, redevenir une ado qui attend sagement que ses parents se soient enfin endormis avant de filer par la fenêtre retrouver un crétin à mobylette qui l'emmènera derrière les dunes, pour y voir l'envers du décor.

C'était son désir et c'est tout.

La fille de l'accueil n'a pas bronché quand elle m'a vu sortir la valise en douce. En fait la réceptionniste s'en fout, la réceptionniste regarde passer les vieillards toute la journée dans un étrange balai hypnotique de gémissements et de souffles courts. Les fesses vissées derrière son comptoir, elle doit trouver le temps long. Elle s'occupe à faire des sudokus.

J'imagine que quand ils n'ont pas vu la vieille repointer le bout de sa canne en bois au repas du soir, ils l'ont d'abord cherchée dans sa chambre, puis dans la salle d'activités, avant de s'inquiéter un peu, puis beaucoup, d'échafauder divers scénarios : le malaise au milieu des pommiers, la chute dans un recoin, la disparition volontaire, la fugue.

Une fois, un papy alzheimer s'est barré en plein hiver. Le vieux avait eu un flash et s'était brusquement souvenu qu'il était marié depuis cinquante ans. Ils l'ont repêché à trois kilomètres, hagard, dans sa robe de chambre, pieds nus dans la neige. Le pauvre psalmodiait le prénom de sa femme. Il avait en revanche complètement zappé qu'elle était morte depuis dix ans.

Il a dû se passer une petite heure avant que les filles du service du soir ne montent en pression et ne finissent par se rendre compte que Mouna s'était vraiment volatilisée. Une bonne heure pour qu'elles se bougent et déclenchent enfin le plan ORSEC. Une éternité.

Mouna se moque royalement que mon père tape une crise, mieux, la situation l'amuse autant qu'elle me contrarie.

— Relaxe Antoine. Notre périple jusqu'à la mer vaut bien une bonne engueulade, non ? Et puis j'ai passé l'âge de me faire tirer les oreilles.

Le téléphone n'arrête pas de sonner. Je raccroche aussi sec. Ensuite c'est une avalanche de textos. « Rappelle-moi, bordel. » « Tu ramènes ta grand-mère fissa. » « Petit con. » Mouna me fixe avec délectation et, dans un grand sourire, me lance :

— La pression existe, l'important est d'y résister.

Mon père est un enfant gâté de l'après-guerre. Fils des retrouvailles post-traumatiques entre Mouna et mon grand-père après trois longues années de séparation. Le retour à la case départ après la fin d'un monde et du monde, la victoire de la paix et de la liberté, les années de reconstructions, l'envie d'insouciance, le dernier de la famille. Avant lui, mes grands-parents ont eu deux filles, Béatrice et Françoise, des jumelles, nées au début du conflit. La petite aux cheveux bouclés et la grande aux cheveux lisses, la blonde et la brune, la maigre et la grosse, Laurel et Hardy.

Trimballées en zone libre, cachées, confiées, laissées et progressivement délaissées avant de retrouver les bras distants de leur mère et de se heurter aux lourds silences d'un père devenu zombie derrière les barbelés d'un camp. Une fois mariées les filles ont disparu du paysage familial et sont allées pondre cousins et cousines à l'autre bout de la planète dans de grands lits confortables et dorés. Des cousins, cousines aux accents lointains revenant régulièrement à Noël avant de disparaître à leur tour complètement.

La dernière fois que Mouna a vu sa progéniture réunie c'était à l'enterrement de son mari.

— Il faut savoir parfois attendre les grandes occasions, avait-elle lâché devant la porte du cimetière en me serrant, fatiguée, dans ses bras.

Le contraste entre les peaux dorées des jumelles et le teint livide de mon père en disait long, ce jour-là, sur l'injustice insolente du destin. Les filles n'arrêtaient pas de pleurer en regardant descendre le cercueil dans le trou fraîchement creusé et moi je me demandais bien pourquoi, après tout ce temps et ces longues absences.

Depuis l'installation de leur mère à la Résidence des Lilas, aucune d'entre elles n'a pour l'instant fait le déplacement, ne serait-ce que pour visiter une fois dans sa vie une maison de retraite. Elles invoquent toujours mille et un prétextes et n'oublient jamais de remercier, non sans un certain cynisme, leur crétin de frère, mon père, pour cette si bonne, si belle et si gentille organisation. Quand elles y pensent, elles participent aux frais de fonctionnement de Mouna, parce que comme l'a très bien expliqué la petite grosse le jour où son frère a présenté à ses deux frangines en visioconférence le budget de l'établissement :

— Ça coûte quand même bonbon, ce genre de palace pour vieux, non ?

La grande aux cheveux lisses n'a pas manqué de signifier à mon père que ça serait plus économique s'il prenait Mouna à la maison.

— Au moins, avec ta mère tu auras quelqu'un pour t'aimer vraiment, parce qu'on ne peut pas dire que de ce côté-là, ta femme…

La petite grosse a trouvé ça drôle de surenchérir après l'énormité qu'avait balancée la grande maigre, histoire de transformer une remarque pleine de fiel en gros gag grassouillet, plein de tendresse autour.

— Hé petit frère, ne le prends surtout pas mal, tu sais bien qu'on t'adore.

Les deux sœurs ont toujours trouvé tout à fait normal, eu égard à la charge que représentait dorénavant leur mère, que le boulet reste jusqu'à la fin de sa vie et même, j'en suis certain, après sa mort, auprès du fils préféré.

Mon père, le maillon faible, enfant trop aimé par une femme qui l'a toujours clairement favorisé, écrasé jour après jour par le désir maternel, paye au prix fort, des années plus tard, un lien addictif et soyeux dont on ne se défait jamais : un trop-plein d'amour. Mon père est un enfant battu des sentiments, porté aux nues pendant des années, le chouchou à sa Moman et donc l'ennemi public n° 1 de l'entourage, cristallisant autour de lui depuis sa naissance ressentiment et jalousie.

Il paye depuis la disparition de son vieux quelque chose de trop grand pour ses frêles épaules, une dette à tiroir sans fond et ses sœurs se délectent de le voir crouler de loin sous le poids de cette responsabilité subie. Une loyauté et une culpabilité dont le poids empêche le moindre discernement, immobilise et rend impuissant, incapable de ne pas s'en vouloir, oblige aussi à s'inquiéter pour à peu près tout et n'importe quoi.

Bien sûr, si seulement elles pouvaient revenir vivre ici, Laurel et Hardy n'hésiteraient pas une seule seconde à installer Mouna à leur côté, prêtes à lui offrir gîte et couvert et même à loger leur vénérable mère dans l'une des chambres de leurs petits qui accepteraient de bon cœur le sacrifice.

Elles sont débarrassées à jamais, par la magie de l'éloignement, de toute forme de remords et de préoccupations, légères, égoïstes et libres.

— Mes sœurs sont deux connes !

C'est la seule phrase que mon père a été capable de lâcher, un dimanche de colère froide alors que nous prenions la route des Lilas. Sombre, il n'a rien ajouté du trajet, tandis que je tentais d'en savoir davantage sur Laurel et Hardy et surtout de comprendre pourquoi sur trois enfants, c'était lui et seulement lui qui avait hérité de la charge de Mouna.

J'avais envie de connaître ce qu'un fils ressent quand il devient un jour le père de sa mère.

J'avais envie de savoir ce qu'il éprouvait au fond, si c'était pour lui, comme je le pensais à l'époque, le début de la fin, le moment où l'on commence à enterrer ses parents vivants juste avant de les perdre pour toujours, le début d'un deuil impossible.

Ça sert peut-être à ça, les vieux morts vivants qui traînent en pantoufles pendant des lustres dans les couloirs de la mort, ça sert peut-être à se préparer en douceur à la fin des haricots, parce que quand on perd son père et sa mère, c'est la fin des haricots.

J'ai posé des questions, elles ont toutes crevé comme des bulles les unes derrière les autres, mortes et enterrées dans cette épaisse buée sur les vitres de la voiture.

Le silence m'étranglait.

On a retrouvé Mouna assise toute seule les deux mains appuyées sur sa canne dans le hall d'entrée. On aurait dit qu'elle était là depuis un siècle et j'ai trouvé qu'avec son bonnet sur la tête elle ressemblait à un vieux cactus. Les gens qui passaient devant elle alors que nous approchions ne la calculaient pas.

Mouna avait vu arriver de loin le karma lourd de son fils, incapable de la moindre joie et du moindre plaisir, en quelque sorte fidèle à lui-même chaque fois qu'il vient à la résidence, accomplir sa tâche et son devoir d'enfant en laissant de côté la vie.

Exactement ce qu'il faut éviter quand on vient rendre visite aux vieux parents, mais exactement aussi ce qui se passe quand on ne vient plus que par obligation et qu'on laisse chez soi tout le sel de l'existence, à commencer par la nécessité de l'amour vrai.

K.O. devant mon café, je digère lentement la colère paternelle et pour être franc commence un peu à le comprendre. Mouna me propose de rentrer demain matin à la première heure. Pas très fier, mais franchement soulagé, j'accepte sa proposition avec plaisir et décide, en petit garçon obéissant, d'écourter notre séjour.

— Mais avant de ramener la vieille au bercail, tu vas devoir me trimballer au casino dans ma chaise roulante, je crois que j'ai déjà trop bu pour marcher.

Je ne sais pas pourquoi, en me levant de table après avoir payé l'addition, j'éprouve le besoin d'appeler ma mère et, heureusement, m'écrase sur sa messagerie. Cela fait un an que je ne lui parle plus. Un an que j'ai décidé de ne plus jamais la voir, un an qu'elle est morte, elle aussi, avec mon mariage.

25

Sur la vidéo du mariage d'Alice, on voit d'abord ma mère de trois quarts puis quelques secondes pleine face. Concentrée et souriante dans sa belle robe indigo, son joli petit bibi rose assorti posé de biais, traversé par cette longue plume de faisan. Elle est au troisième rang, du côté famille de la mariée avec mes ex-beaux-parents, pièce rapportée, improbable, témoin, radieuse et souriante, seule aussi. Mon père s'est abstenu de me trahir en venant prier au remariage de sa belle-fille avec un mec un peu moins débile que son fils, plus brillant et définitivement plus riche. Je me demande souvent comment cela s'est passé au juste, si mon père a tenté ne serait-ce qu'une seconde de dissuader ma mère de se pointer dans cette église, ou si elle lui a mis une pression d'enfer et lui en a longtemps voulu de ne pas l'avoir accompagnée ce jour-là. Je ne saurai jamais qui dans cette histoire a résisté à l'autre et s'est le plus battu pour moi ou contre moi.

Mouna est restée songeuse quand elle a su que ma mère avait choisi de migrer, de suivre mon ex-femme dans sa course vers le bonheur. Mais elle ne l'a jamais jugée.

Elle a compris que je puisse vivre ce geste comme un abandon caractérisé, un coup de couteau dans le dos ; elle a, à sa façon encore une fois, tenté de me soutenir et m'a suggéré avec son sourire malicieux d'accepter ce que je ne pouvais pas changer, meilleur moyen selon elle de s'éviter de souffrir « le plus inutilement du monde ».

Ma mère est devenue depuis notre séparation la meilleure amie de mon ex-femme, régulièrement j'essaie de l'imaginer passer une tête chez son ex-belle-fille, venir garder mes enfants sur le canapé d'un autre, rester dîner, partir en vacances, demander au nouveau mari de l'appeler par son prénom, se faire aimer tout simplement.

Le jour où elle est devenue grand-mère à son tour, Mouna lui a offert un bracelet en argent. Elle s'est à peine penchée pour regarder le cadeau, admirer et comprendre la scène que Mouna avait fait délicatement graver à l'intérieur. Une louve et ses petits au bord d'un précipice. Une histoire, un symbole. Elle s'est contentée de s'écrouler en larmes sur le canapé du salon en balançant à travers la pièce :

— Ça me fiche un sacré coup de vieux.

Pour rester jeune, ma mère ne s'est jamais vraiment intéressée à mes filles et Alma et Claire le lui rendent assez bien, elles ont pour seule réponse depuis leur naissance passé leur temps à rire en prononçant son nom. Il faut dire que celui qu'a trouvé Alice ne sonne pas très bien, les petites-filles de la nouvelle grand-mère qui ne veut pas vieillir sont priées de l'appeler « grand-maman ».

— Jamais, tu m'entends Antoine, jamais tes filles ne m'appelleront comme ça.

Dans le genre ringard qui vous met trente ans dans la tronche, on aurait difficilement trouvé mieux. Alice tenait corps et âme à ce sobriquet parce qu'il lui rappelait celui de sa grand-mère, qu'elle avait à peine connue mais dont elle tenait à saluer la mémoire, des années après sa mort seule comme un rat dans une maison de retraite de troisième zone.

En regardant Mouna s'agiter façon groupie devant l'alignement de bandits manchots à un euro de ce petit casino balnéaire, je me demande comment tout ça va finir et qui de ma sœur ou de moi trouvera la force, la volonté et pourquoi pas l'amour nécessaires pour aller visiter ma mère toutes les semaines dans sa dernière demeure, quand elle sera à son tour seule, qu'elle ne pourra plus faire sa gym le matin, prendre des grands airs de grand-mère libérée, jouer les effrontées de service en plaquant son propre fils pour aller roucouler dans les jupes de son ancienne belle-fille, voyager, lire, aller au cinéma, se faire baiser par ses amants parce qu'avec mon père ça fait longtemps qu'il ne se passe plus rien, conduire sa voiture, tirer de l'argent au distributeur, porter sa valise, faire ses courses, voir ses amis, s'acheter des robes indigo pour les mariages trahison, danser le rock dans des soirées d'anciens soixante-huitards attardés, fêter son anniversaire de mariage quand même, aller se faire épiler le maillot, se bourrer le visage d'injections pour paraître jeune à la plage, vivre en ayant encore le choix d'observer l'horizon sans se dire que tout est derrière elle. Qui viendra quand elle contemplera, la bave aux lèvres, son ombre sur les murs blancs d'une chambre médicalisée ?

Je me demande qui de ma sœur ou de moi aura à se taper cette étrange créature et en imaginant tout ça je passe volontiers mon tour, j'envisage sans problème de la laisser crever seule dans son coin avec Alice à son chevet.

Mouna me demande de l'accompagner au distributeur pour chercher de l'argent. Elle m'explique que sur ce type de machine, l'idéal est d'aligner les petits singes et que le must est à l'évidence de décrocher comme toujours les trois sept. Bleu, blanc, rouge.

— C'est facile à retenir non, et en plus c'est net d'impôt. La seule façon de toucher le jackpot et de faire sauter la banque, mon chéri, c'est de mettre trois pièces d'un coup dans la fente et de tirer le manche un grand coup en croisant les doigts. C'est pour ça que ces machines ne sont pas à un euro, mais à trois euros. Sinon, c'est râpé. Tu veux essayer ? On joue 50 ou carrément 100 et si on gagne tu me ramènes en hélicoptère.

Tout en suivant Mouna comme un toutou, je n'arrive pas à chasser le visage de ma mère et me remémore un mail déniché en fouillant dans son ordinateur, message adressé à ma presque ex-femme le matin de notre divorce :

« Ma chérie, crois bien que je suis désolée de tout ce gâchis. Mon fils est un incontestable petit crétin de t'avoir perdue. Tu resteras pour ton beau-père et moi mieux que notre fille et, bien sûr, notre porte te sera toujours ouverte.

Avec toute mon affection. Je t'embrasse. »

— Antoine, nom d'un chien, trouve-moi un distributeur. J'ai ma carte, mais j'ai oublié mon code !

Je fonce droit vers la machine et tire deux cents. Je glisse cent dans ma poche et tends le reste à la tortue.

— Ce genre d'engin ne mange pas les billets, il faut retourner chercher des jetons.

Au comptoir, la croupière m'échange mon billet contre un seau de jetons qui ressemblent à de fausses pièces grossières de un euro. Le pot pèse une tonne et me noircit direct les doigts. J'avise, dubitatif, le petit sachet de lingettes nettoyantes parfumées au citron qu'une serveuse m'a jeté au milieu du butin sans un regard et nous retournons nous poster devant la machine à guenons.

Mouna se rue sur la marchandise avec la gourmandise d'une enfant de 8 ans et plonge d'un coup sec la main au cœur de l'amas de métal, elle va chercher loin, fore tout au fond avant de remuer le paquet et d'y prendre une première salve de plaisir. En remontant, elle fait glisser la breloque entre ses doigts et plante ses yeux dans les miens.

— Je fais une totale confiance au hasard. Avant de jouer, je laisse toujours mes doigts décider.

Elle tripote la ferraille pendant de longues secondes et en ressort finalement trois pièces usées jusqu'à la corde qu'elle fait très vite glisser nerveusement dans la paume de son autre main. Droite comme un i devant la machine n° 5, elle glisse subtilement d'un coup de canne vers celle d'à côté, la n° 6.

— Je ne joue jamais sur la machine impaire au début, ça me porte une poisse folle. Le quatre est un chiffre barré, c'est pas bon non plus, le 6 est un chiffre diabolique, j'aime ça. Fais confiance à ta grand-mère, j'ai le sens des machines à sous, c'est plus fort que moi, je sens ce genre de bestioles.

Elle me demande une cigarette.

— Je vais avoir besoin d'un verre. Du champagne, il me faut du champagne.

Elle glisse la première pièce dans la fente, respire un grand coup comme pour évacuer le stress, la deuxième part d'un coup sec et la troisième s'enfonce à son tour délicatement dans la machine.

— Bouton ou bras ?

— Pardon ?

— À ton avis j'appuie sur le bouton pour lancer la machine, ou j'actionne le manche à l'ancienne.

— À l'ancienne, Mouna à l'ancienne !

Les singes font des tours sur eux-mêmes, les rouleaux défilent sous nos yeux, des barres de 10, de 20, de 50, de 100, des carrés blancs, des bouts de 7, un rouge se fixe, puis le blanc s'impose, et puis rien. Mouna ne s'en laisse pas compter et recommence en me balançant des œillades pleines d'espoir.

Au cinquième essai, elle pousse un « allez ! » d'encouragement à l'appareil et tire un grand coup avec une force que je ne lui imaginais pas.

La tortue vient d'aligner trois macaques, une autre variété que ceux que l'on voit sur les côtés, une autre race, enfin je crois, tout aussi stupides vu d'ici : le cul posé sur des branches aux grands feuillages verts, ils tirent sur une banane dans un grand sourire figé.

— Bingo, on vient de gagner trente pièces, c'est un début, la bête se chauffe Antoine, la bête se chauffe.

Sans un regard, aspirée par cette bande de primates en relief, Mouna remet trois pièces, puis à nouveau trois autres, jusqu'à vider d'un trait la moitié de son pot. Ras la gueule, la machine part dans un tintamarre festif et se met à clignoter.

— Super, super !

Je n'ai jamais vu Mouna aussi hystérique.

Enfant, je me souviens que son humeur changeait au petit matin selon qu'elle avait dépouillé ou non ses adversaires lors des nuits de poker endiablées qu'elle organisait pendant nos vacances d'été. On voyait défiler toute une faune à l'heure de l'apéritif, assemblée bigarrée où se mélangeaient familiers et anonymes, débraillés et endimanchés, pomponnés, smart ou simplement raffinés. Certains devenaient en quelques nuits des personnages récurrents de la maison, d'autres disparaissaient du paysage du jour au lendemain selon, je le compris bien plus tard, leur style et leur manière de jouer, de supporter ou pas la défaite, de pouvoir ou non remettre des sommes en jeu, d'honorer leurs dettes en demeurant élégants et courtois.

Quoi qu'il arrive, ce drôle de monde repartait au petit matin à la queue leu leu, cortège fantomatique, ballet improbable de silhouettes hirsutes qui sortaient toujours par la porte de la cuisine dans un silence cerné, foule délavée par les longues heures passionnées sur la table de jeu du salon. Une table totem que ma grand-mère entretenait à grands frais, s'échinant à en lustrer les pieds des matinées entières et surtout à protéger le tapis de jeu de nos mains sales.

J'ignore combien d'argent circulait sur la table du tripot familial, mais je sais que Mouna était plus dans cette histoire que la maîtresse de maison, qu'elle tenait la boutique, faisait les comptes et se débrouillait pour faire payer les mauvais coucheurs. Elle adorait compter les billets, non pour ce que l'argent représentait mais pour l'intensité des sensations que l'épaisseur des liasses lui faisait revivre, à la manière des ralentis à la télévision.

Ces liasses étaient ses trophées, et Mouna n'avait jamais peur de remettre son titre en jeu, comme si l'idée de tout perdre l'excitait davantage que celle de gagner, trompe-la-mort à cheval sur le fil du destin. Ma grand-mère était une joueuse et une hédoniste aussi, elle n'oubliait jamais lors de ces soirées de faire couler l'alcool à flots, associant la fièvre du jeu au plaisir de boire et de fumer. Un cigare à la bouche, elle aimait tenir la dragée haute à son mari qui, toujours silencieux, ne supportait pas de voir sa femme se comporter en bonhomme et lui envoyer la fumée à la figure. Mouna appréciait particulièrement de mettre son homme au tapis, de lui faire payer une addition imaginaire, de régler à coups de bluffs ses regrets domestiques pour faire régner à nouveau l'ordre dans sa vie amoureuse.

Vorace, la machine à singes a bouffé toute notre fortune et la vieille regarde d'un œil dubitatif son pot complètement vide. Elle le renverse pour me signifier sans me le demander qu'il est temps de remettre le couvert et de retourner au distributeur pour se refaire. Sans un mot, je tends à la tortue l'autre billet de cent que j'avais planqué dans la poche avant de mon pantalon.

— Antoine, il y a du génie en toi.

— N'exagère rien Mouna.

Elle me tire par la manche et m'affirme que si les bandits manchots ne veulent pas de nous ce soir, la roulette nous tend les bras. À petites foulées, le dos penché par la fatigue, elle se précipite vers la table, son nez pointe en direction du sol, fixe la moquette élimée à la manière d'un chien chasseur, toutes narines ouvertes par l'appât du gain. Elle se retrouve avant moi face à la roue derrière laquelle un croupier, l'air sournois, la fixe crânement. Je n'ai pas le temps d'ouvrir la bouche et d'approfondir le règlement que la roulette tourne déjà à plein régime dans le cylindre et fait sauter dans un couinement bestial la boule d'une couleur à l'autre. Plus vite que son ombre ma grand-mère a déjà parié à cheval sur deux numéros.

— Le prochain coup, on se le fait en transversale pleine et si tu veux celui d'après en carré.

Rouge, noir, pair, impair, manque, passe, Mouna se lance dans un cours magistral sur les paris extérieurs.

— Tu sais que tu peux jouer une colonne verticale entière dans la grille. Pour cela, place ta mise en bas de la colonne et à l'extérieur de la grille, comme ça. Attention sur ce coup-là, le zéro compte pour des nèfles, crois-moi, cette martingale c'est du tonnerre.

En trois coups tout juste, Mouna récupère les cent euros engloutis par la machine n° 6 porte-bonheur. En cinq elle commence à accumuler un premier bénéfice de soixante euros.

— On en reste là si tu veux ?

— Tu rigoles, j'espère ?

Elle me jette un regard noir et navré, je lis parfaitement un éclair de mépris dans ses yeux bleu piscine. Son dédain est une injonction claire et nette. Mouna refuse de me voir penser comme un gagne-petit et me suggère, en se retournant brutalement vers la bille indifférente qui continue à sauter de case en case, de faire enfin quelque chose de grand de mon existence, d'arrêter de penser minus, de déployer mes ailes quitte à me brûler et à mourir sur le champ, d'oser. En un regard, elle m'enseigne le goût du risque et me file sans le savoir un gros coup de pied au cul.

Insensible à mes états d'âme de joueur du dimanche anxieux et pour tout dire près de ses sous, Mouna remet son gain en jeu, puis sa mise de départ. En trois mots : tout mon pognon.

Pour la deuxième fois de la soirée, ma grand-mère imprudente et joyeuse a englouti avec une énorme satisfaction, de tout son cœur dans la partie, la totalité des réserves familiales. Et pour la première fois, j'ai envie de vivre comme sur un coup de roulette, en laissant faire ma chance, et basculer tout entier vers l'inconnu sans rien savoir à l'avance, rien supposer du tout de ce qui peut bien m'attendre au tournant et ne me fier qu'à mon instinct, instinct que je sens progressivement, depuis le début de cette échappée belle, se réveiller.

— Cette fois, on peut le dire, c'est la Berezina. Tête haute, Antoine, tête haute. On a perdu une bataille, pas la guerre.

Mouna me suggère d'aller prendre une dernière coupe au bar. Parce que la vie doit être légère comme une bulle de champagne et qu'on se relève toujours, malgré les apparences, quand on a tout perdu.

26

Nous sommes allongés sur mon lit côte à côte et nous fixons le plafond en silence. On est rentrés contre le vent et en poussant le fauteuil roulant, j'avais l'impression de ne pas avoir desserré le frein à main tellement mes bras peinaient à le faire avancer dans la dernière montée vers l'hôtel. Enroulée dans cette nuit pluvieuse sans étoiles, Mouna a commencé à s'endormir, saoulée par des rêves de jackpot impossible, transportée par les bulles de champagne, tête en bas, ses bras se sont progressivement relâchés avant de tomber carrément le long des roues, poupée de chiffon, et ça m'a fait sourire cette sensation de convoyer une marionnette, de ramener au bercail un pantin désarticulé. Sur la promenade le long de la mer, un réverbère sur deux ne fonctionnait pas, et bizarrement ça donnait une ambiance assez magique, un air de train fantôme, renforcé par cette pluie en rideau qui tombait de biais et nous trempait jusqu'aux os. J'ai eu l'humidité nostalgique, j'ai revu Alice quand elle était enceinte d'Alma, la fois où nous avions crevé en pleine nuit et que l'on s'était retrouvés au cœur d'un déluge, moi doué comme un manche à balai en train de chercher la roue de secours et elle cassée en deux de rire devant sa buse de mari et ses deux mains gauches, pas mécontente pour un sou, à l'époque, d'avoir épousé le seul type au monde qui ne sache pas changer une roue en rase campagne. Je me doute que le nouveau se sortira très bien de la prochaine crevaison amoureuse, mais je ne crois pas qu'Alice piquera un aussi gros fou rire, ni que lui aura la présence d'esprit de lui ouvrir un parapluie d'enfant jaune avec des grenouilles vertes dessus pour l'embrasser follement sous l'orage et la protéger des éclairs. Ce soir, je me demande si la pluie et le noir de la nuit lui font penser à ce genre de choses, réveillent son cœur un peu ou au contraire si elle m'a vraiment enterré et que plus rien jamais ne remonte lui chatouiller la mélancolie, parce que c'est aussi ça les histoires mortes, des sursauts imprévisibles qui vous emportent à l'improviste et vous rendent gentiment pathétique et franchement triste.

Le veilleur de nuit s'est étonné en décrochant notre clé du tableau de nous voir rentrer si tard et si trempés. Il m'a lancé un œil moralisateur me rappelant que ce n'était pas bien raisonnable de promener par un temps de chien une vieille dame en chaise roulante, puis il a haussé les épaules en nous tournant le dos, sans un bonsoir. Seule la tortue s'est fendue d'un « bonne nuit monsieur, vous êtes bien aimable » au moment où elle s'est appuyée sur le comptoir pour se redresser, saisir sa canne et filer, clope au bec, par les escaliers en direction de la chambre.

Mouna s'est enfermée un long moment dans sa salle de bain et s'est fait couler un bain chaud. Elle chantonnait en attendant de pouvoir s'y glisser. L'oreille collée derrière la porte, j'ai trouvé ça inouï de l'entendre aussi gaie, un peu inquiet quand même quand elle s'est tue brutalement et que plus aucun bruit n'a filtré à travers la cloison.

Un court instant, je me suis imaginé la ramener les pieds devant à la Résidence des Lilas et devoir expliquer à mon père que sa mère était morte après avoir bêtement glissé sur le carrelage de la salle de bain de l'Hôtel des Deux Chats où lui détestait tant venir.

Devant le corps sans vie de la vieille, je lui aurais fait remarquer qu'il n'avait plus qu'à me remercier d'avoir, grâce à ma décision irresponsable de l'embarquer au bord de la mer, libéré tous ses dimanches sur son agenda.

Et j'aurais regardé mon père se mettre à genoux et se vider de chagrin sur le corps inerte de sa mère, implorant son pardon, pour l'avoir visitée tant de fois sans plaisir et n'avoir apporté lors de ces allers-retours sans âme que le seul poids de sa culpabilité.

La silhouette de Mouna est sortie entourée d'un épais nuage de buée. Il mangeait le haut de sa tête et attaquait une bonne moitié de son casque blanc. Elle avait enfilé sa chemise de nuit, lavé ses dents et tenait ses chaussons dans sa main, puis sans dire un mot elle est venue me rejoindre sur mon grand lit, le dos encore un peu mouillé.

J'ai étendu ses affaires sur le radiateur en comptant sur la nuit pour sécher son pantalon de toile et sa gabardine et nous avons trouvé idiot que la cheminée soit désormais condamnée par ce pot de tournesols en tissu bon marché. Serrés l'un contre l'autre, nous nous sommes rappelés les petits feux de mon enfance près desquels on venait s'abriter pour lutter contre l'humidité du printemps.

La cheminée alors ne sortait pas des flammes immenses, mais la petite chaleur qui s'en dégageait et surtout l'odeur qu'elle fixait longtemps sur les vêtements offraient à la pièce un supplément d'âme et pour nous c'était fabuleux de pouvoir faire à l'hôtel comme à la maison, après nos longues balades pluvieuses sur les falaises. De l'extérieur le spectacle de ces petits crépitements dans les chambres donnait une allure folle à l'endroit. Si je n'avais pas l'autorisation de faire du feu dans la mienne, j'avais le droit en revanche de m'endormir sur le grand lit de celle de Mouna, en contemplant pendant des heures le spectacle. J'étais fasciné par la braise orange qui de loin dans la nuit m'envoyait des signaux. Je prenais souvent le pari de gagner contre les flammes et de m'endormir lorsqu'elles se seraient éteintes, ne laissant derrière elles qu'un monticule de cendres encore chaudes, mais à ce petit jeu, je perdais systématiquement.

27

Sur le lit j'ai improvisé un cendrier avec un verre à dents rempli d'eau et l'on s'amuse à faire des ronds aussi gros que possible en tirant sur une cigarette que l'on se refile entre chaque bouffée. C'est bien ma grand-mère qui m'a appris à fumer convenablement il y a vingt-cinq ans, après m'avoir surpris à lui piquer un cigare dans la cave en bois ciré qu'elle planquait jalousement derrière sa table de jeu.

C'était la première fois qu'elle me traitait de petit crétin, et je me souviens très bien avoir craint pour ma vie quand, du haut de mes 13 ans, je l'ai sentie jaillir derrière moi et qu'elle m'a saisi fort le poignet jusqu'à me faire lâcher cette prise beaucoup trop grosse pour moi. Elle m'a ensuite jeté un air de défi et obligé à allumer le monstre sous ses yeux à 10 h du matin. Je l'ai collé à mes lèvres et ouvert la bouche tellement grand que j'ai bien cru m'étouffer et ne plus jamais parvenir à respirer. Elle a gratté une allumette immense sortie d'une boîte chic sur laquelle une élégante assez pute, très XIXe, se tenait enroulée dans un boa bleu marine, une cigarette entre deux doigts gantés, trop écartés pour être honnête. Mouna a brûlé le bout de ce cigare atroce en forme de canon et m'a enseigné l'art et la manière d'incendier le tabac et d'éviter ainsi qu'il s'éteigne aussi sec comme il le ferait à coup sûr avec les petits voleurs de mon espèce, les puceaux et les ignorants.

Vingt-cinq ans après, Mouna a laissé tomber les cigares mais déguste encore cinq cigarettes par jour, des longues blondes et fines, parce qu'on ne peut, s'amuse-t-elle à rappeler, renoncer définitivement à tous les plaisirs de la vie.

Vingt-cinq ans après, elle trouve toujours que je mouille trop le filtre et que les types qui font ça sont vraiment dégoûtants.

Tandis qu'elle s'applique à fumer la fin de notre clope, je lui demande pourquoi elle a décidé de venir s'installer à la résidence alors qu'elle a encore toute sa tête, ses yeux, ses oreilles et sa joie, et que toutes les grands-mères du monde rêvent de finir dans leur lit, pas dans la chambre climatisée d'une maison pour vieux avec des alarmes planquées dans tous les coins, du lino antidérapant au sol, une rampe pour se hisser dans sa baignoire, un lit une place, des draps qui grattent un peu, une chaise pour les rares visiteurs, une table sans intérêt supportant un poste de télévision minuscule, près d'une fenêtre avec un tout petit balcon donnant sur un jardin de pommiers.

— Ce genre d'endroit ne colle pas vraiment à ton tempérament, non ?

— Tu as raison mon chéri mais, vois-tu, je ne voulais plus rester une seule seconde dans cette maison après avoir vu le cadavre de ton grand-père dans la cave et cette mare de sang.

La tortue laisse passer un épais silence, le temps de lancer deux ou trois ronds de fumée vers le plafond, et m'explique lentement que malgré les apparences dont il faut apprendre à se méfier, elle n'a jamais été heureuse dans sa jolie maison. Pas un instant depuis les retrouvailles avec mon grand-père et leur décision de s'y installer pour oublier les fracas et tenter de sourire à nouveau à la vie. Quitter cet endroit encore lucide et en forme, c'était pour elle sortir enfin de prison après de longues années d'enfermement.

Car quitte à tout se dire autant se le dire carrément :

— Je n'ai plus aimé mon mari du jour où j'ai croisé la route de cet homme et que j'ai renoncé à le suivre, remords et peur au ventre.

Je balance le filtre dans le verre à eau. Appuyé sur mes deux coudes, je regarde Mouna avec stupéfaction. La tortue ne bouge pas un cil et continue à fixer le blanc du plafond, elle s'apprête après une courte pause à enfin passer aux aveux.

28

Le vent a ouvert les volets pendant la nuit et ce matin le soleil éventre la chambre. De l'autre côté du lit, les draps sont encore impeccablement tirés, les affaires de Mouna ne sèchent plus sur le radiateur électrique. Encore plongé dans un demi-sommeil, je réalise qu'elle s'est volatilisée.

J'allume mon téléphone et y découvre, en plus d'un texto lapidaire de mon père qui demande sèchement à quelle heure nous serons à la résidence, un sms de Laurence. « Tout va bien ? Tu me manques passionnément. »

Je prends le temps de lui répondre que nous repartons ce matin et que la nuit a été assez longue et éprouvante. Pour compenser l'absence totale de tendresse de ce premier message, je lui en renvoie un autre dans lequel j'écris noir sur blanc que je suis persuadé qu'elle et moi allons vivre une grande histoire d'amour, qu'il me tarde de la prendre dans mes bras pour ne plus jamais la laisser seule. Le sentiment qui me traverse n'a jamais été aussi clair depuis le début de notre relation, j'ai la sensation de savoir enfin ce que je veux.

J'aimerais pouvoir lui dire que je renonce à entretenir cet amour fantôme et que plus jamais je ne profiterai de son sommeil pour espionner en douce mon ex-femme et tenter de dénicher le moindre signe susceptible de démontrer qu'Alice ne m'a pas tout à fait oublié.

J'aimerais pouvoir lui dire qu'à partir de cette belle journée qui s'annonce, je ne tricherai plus, qu'elle aura la joie d'avoir à ses côtés un homme droit, que j'ai tué l'agent double qui dormait en moi et balancé par-dessus bord mes regrets, mes remords et toute la mélancolie de mon mariage pour n'en garder que les bons souvenirs et bien sûr Alma et Claire, que je suis enfin prêt à m'investir dans mon rôle de beau-papa joyeux, à accepter que ses fils me tiennent par les bras et me sautent au cou, enfin ceux qui en formuleraient le désir et l'envie, à les regarder grandir eux aussi avec toute l'attention, la patience et la bienveillance qu'ils méritent, à ne pas fuir cette nouvelle vie, à l'accueillir comme un cadeau du ciel. Parce que j'ai aussi le droit et le devoir d'être, après tout ça, un jour heureux et que j'ai le désir d'essayer de répandre le bonheur et les confettis qui vont avec car, comme me l'a dit Mouna pendant cette nuit sans étoiles que nous avons passée sans dormir :

— À force de regarder derrière, on finit par l'avoir dans le cul.

Je saute dans un jean et passe un œil par la fenêtre de la chambre. J'imagine que la tortue a décidé de descendre tôt, n'ayant pas réussi à fermer l'œil avec toute cette histoire, pour s'offrir un dernier grand bol d'air vivifiant avant de remonter dans la Mercedes et de définitivement rebrousser chemin.

Je dévale quatre à quatre les escaliers et m'arrête dans la salle du petit déjeuner, personne ne s'est encore assis autour de la table qui nous est réservée. Je demande distraitement à la serveuse si par hasard elle n'a pas croisé ma grand-mère.

— Je l'ai vue, il y a une heure environ. Elle a filé en direction du jardin, elle m'a dit qu'elle vous attendait pour prendre le petit déjeuner et m'a juste commandé un café bien tassé qu'elle n'est pas encore venue chercher, au bar. Elle a dû oublier, normal, la pauvre, à son âge.

Je dévisage la serveuse, m'abstiens de lui expliquer que la tortue a pour son âge justement encore une bonne droite et surtout, ne lui en déplaise, une excellente mémoire, que j'en ai eu la démonstration allongé sur le grand lit de mon enfance les yeux au plafond et les oreilles grandes ouvertes. Que je ne lui souhaite pas, malgré le large mépris que m'inspire sa réflexion, de devoir à l'heure du bilan faire à son petit-fils le genre de révélation qu'elle m'a faite, les yeux brodés de larmes.

Mais je me retiens et lui souris avant de courir vers la porte d'entrée. L'envie de rejoindre Mouna écrase tout sur son passage, le désir de l'enrouler dans mes bras me dévore le ventre.

Elle me tourne le dos au bout du sentier. J'ignore si elle regarde le ciel ou la mer deux cents mètres d'à-pic plus bas. Je sais seulement que je garderai longtemps cette image de ma grand-mère droite sous ce soleil de printemps, à la fois impérieuse et résignée, contemplant seule sous un vent pâle l'un de ses panoramas préférés, buvant jusqu'à la dernière goutte l'air de la liberté, ses cheveux parfaitement coiffés et protégés par ce foulard de soie blanc noué comme seule la tortue sait le faire, à la façon des belles aventurières du cinéma d'avant-guerre.

Élégante et distinguée sous ce parfait ciel bleu seulement mangé en son centre par un épais nuage de coton maculé, parfaitement planté sur sa tête à la façon des anges qui vous protègent encore un peu des tempêtes et vous servent de parachute.

Je marche vers elle sans bruit pour ne pas interrompre cette scène que je trouve magnifique. Je me demande à quoi elle peut bien penser si près du vide, seulement séparée du précipice par cette barrière qu'elle ne peut pas enjamber pour aller voir derrière et prendre le risque d'un envol. Je devine qu'elle caresse en secret le désir de passer par-dessus et de se déployer, elle que j'ai si souvent prise pour un drôle d'oiseau.

Dans une poignée de secondes, après que je l'aurai rejointe et serrée délicatement dans mes bras, nous ferons demi-tour sans plus nous retourner.

Un café et peut-être un croissant plus tard, je descendrai nos valises et chargerai la voiture. Je trouverai sans difficulté cette fois comment plier son fauteuil roulant et en me tenant par le bras, l'esprit encore occupé par ce paysage à couper le souffle, Mouna tiendra parole, elle partira d'ici sans dire un mot. Les yeux plissés à cause du soleil, elle chaussera ses épaisses lunettes noires en écaille et s'enfoncera dans le siège avant. Coude appuyé sur l'arête de la portière, nous avalerons la route d'une traite. Moi, le cœur gros, je rejouerai le match de la nuit.

Et je partirai à la recherche de cette femme seule dans cet aéroport gelé en novembre 1946.

29

Emmitouflée dans un gros manteau de laine, elle est arrivée en avance à l'aéroport. Elle cherche à souffler un peu et à sécher ses larmes. Quelques heures plus tôt, après un dernier regard d'adieu elle a refermé sans un bruit la porte de sa grande maison et sauté dans le taxi à qui elle avait demandé de s'arrêter tous phares éteints près de l'entrée principale. Depuis, son chagrin n'a cessé de couler. Les visages de ceux qu'elle quittait défilaient, son esprit n'était plus qu'un patchwork de voix et d'attitudes, affichant dans ses yeux embués les regards qu'elle laissait derrière elle.

Son estomac s'est rétréci et ses jambes ne la portent plus, à bout de forces elle s'appuie contre une balustrade, elle a l'impression que son cœur va jaillir hors de sa poitrine. L'angoisse et la douleur cassent son dos et lui coupent la respiration. Recroquevillée, elle tend les bras, cherche son équilibre. L'effroi a succédé à la fuite, elle ne tient en équilibre que par la seule énergie de l'élan, cette certitude de n'avoir d'autre choix que celui de foncer vers ce qu'elle pense être, depuis le jour où tout a commencé, sa destinée, au risque de réduire en cendres le reste de sa vie.

La jeune femme n'a presque rien emporté avec elle, pour tout bagage une petite valise rectangulaire renforcée sur les côtés par d'épaisses lamelles de cuir élimé. Elle n'a pas oublié son porte-cigarette en ivoire, elle l'a glissé dans l'une de ses poches et le caresse comme pour se rassurer dans cette aventure vertigineuse, contre nature aussi, implacable.

Elle tente de faire le vide et s'oblige à ne se souvenir que des moments doux, à se débarrasser du reste, la violence, le doute, l'habitude, les promesses passées, la force du pacte, sa famille.

Une image revient sans cesse, elle la console chaque fois que la peine devient trop lourde à porter et balaye ses inquiétudes, accélère son rythme cardiaque, la ranime : la première fois qu'elle l'a vu.

Oui, la première fois c'est bien elle qui l'a remarqué et qui l'a longuement pisté du regard, entraînée par une force qu'elle ne soupçonnait pas, une force qui allait l'emporter tout entière, l'obligeant à suivre son pas pressé comme charriée par un courant irrésistible.

La jeep militaire américaine n'était pas encore à l'arrêt quand il en est descendu. La foule épaisse débordait, joyeuse, des trottoirs et formait un accordéon humain aussi élastique qu'indomptable. Son œil a su en premier et n'a jamais lâché l'uniforme, malgré les écrans de drapeaux et de bras levés qui disaient la victoire et la libération.

Plus tard, à l'aube d'une nuit d'amour, il avait tenté de lui faire croire dans l'obscurité d'une chambre d'hôtel, qu'il l'avait tout de suite remarquée lui aussi de l'autre côté de l'avenue. Et soixante-quatre ans plus tard, ma grand-mère se plaît toujours à croire encore à ce joli mensonge.

30

Devant mon air interloqué, Laurence m'invite à trancher fissa entre les assiettes plates et les assiettes creuses. Nous choisissons de concert les creuses, parce qu'elles sont plus pratiques pour les enfants et qu'elles font plus famille. Elle me demande de m'occuper du vin, s'amuse à vider deux boîtes de gâteaux apéro dans un petit saladier orange.

Laurence a insisté pour la grande nappe blanche, que je découvre et trouve, pour être honnête, un peu too much avec ses broderies qui partent dans tous les sens, mais Laurence insiste sur le côté festif du blanc, couleur des mariés que nous ne serons jamais, clin d'œil virginal à la circonstance, et je la trouve terriblement ravissante quand elle la déploie le long de la grande table en bois avant d'en aplatir les vagues et d'ajuster les bords jusqu'à trouver l'équilibre parfait.

Je prends l'initiative d'y déposer un vase et deux chandeliers qu'elle a achetés en mon absence, et je crois que Laurence admire un peu mon geste, qu'elle le trouve fluide et parfaitement approprié à la circonstance. Ce n'est certes qu'un tout petit détail de rien du tout, mais dans sa manière de relever le sourcil je vois la confirmation anodine que ma décision vient de la surprendre, de la devancer pour la première fois, et qu'elle apprécie notre nouvelle synchronisation. Aussi bête que cela puisse paraître, cette reconnaissance éclair me met dans une joie profonde et complice, j'ai envie de l'embrasser.

Laurence se laisse prendre la taille et, au moment où je ferme les yeux en route pour l'achèvement de ce court frisson, elle me demande des nouvelles de Mouna.

Cela fait dix jours que nous sommes rentrés de notre expédition et que la tortue a retrouvé son fils et son aquarium, ses infirmières et ses congénères, ses ateliers et ses pommiers, et moi ma vie, Laurence et ses enfants, le boulot, mes filles. Dix jours que tout est rentré dans l'ordre. Dix jours, un paquet de temps que je n'ai pas entendu sa voix. J'ai choisi de me retirer un peu pour la laisser souffler, me faire oublier aussi.

À notre retour un comité d'accueil nous attendait et même s'il est resté civil et courtois, le directeur n'a pas mâché sa colère en me rappelant la gravité de mon geste qui devenait au fil de notre explication de plus en plus démoniaque.

Mon père buvait du petit-lait, il n'a pas défroncé les sourcils en me dévisageant de haut, en plus du reste il m'en voulait de ne pas avoir la délicatesse de sortir de ma voiture pour me faire engueuler de plain-pied. J'ai pensé à sortir pour coller une droite et mettre un coup de boule à tout ce petit monde, mais je n'en ai rien fait, préférant garder comme dernière impression les grands yeux bleus de la tortue que je devinais derrière ses grandes lunettes de soleil. On s'est quittés presque sans un mot, elle et moi, mais dans son doux sourire quand elle s'est engouffrée dans le hall de son pensionnat, j'ai aperçu la jeune femme fébrile de l'aéroport qui attendait qu'un vol l'emporte loin d'une vie qui ne lui convenait plus et l'avait obligée à faire le choix de tout laisser derrière elle, sa maison, son mari, ses deux filles.

C'est bien ça que lui a dicté sa conscience dans le froid gris de novembre 1946 lorsque, tendant son billet à l'hôtesse, elle s'apprêtait à rejoindre la passerelle de l'appareil et à traverser l'océan : partir vivre sa vie, abandonner les siens. Aller chercher à plusieurs milliers de kilomètres de là un autre destin, un autre homme et un autre enfant. Car la jeune femme qui attend fébrile dans cet aéroport est enceinte du soldat américain, elle attend son avion et aussi, mais elle ne le sait pas encore, mon père.

Au moment où je me revois planté devant ses sourcils désespérément froncés, à me demander en silence si mon père sait qu'il n'est pas le fils de mon grand-père, on sonne à l'interphone et Laurence m'ordonne d'ouvrir.

Elle me parie en riant que c'est certainement François dans l'ascenseur parce que François est toujours le premier aux dîners qu'elle organise avec ses anciens amants.

Laurence a tapé dans le mille, sur le pas de la porte je ne sais pas quoi dire au père de Simon qui s'avance. François n'a plus l'âge pour les jeans baggy, mais il se sent encore d'attaque pour enfiler le même sweat à capuche que son grand garçon unique. François n'est pas accompagné et je comprends à l'instant où Laurence fait son apparition dans le couloir qu'il n'a jamais rencontré une autre femme aussi bien.

Son regard s'éclaire en une fraction de seconde, exactement le temps qu'il faut à sa voiture de sport pour passer de zéro à cent. L'ancien mari embrasse son ex-femme comme du bon pain et en profite pour passer lentement sa main dans le dos de ma fiancée. Ce geste anodin me laisse penser que rien n'est jamais complètement terminé, surtout lorsque tout va bien et que vous vous retrouvez, des années plus tard, autour d'une table pour fêter l'arrivée dans la famille d'un nouveau venu chargé de continuer ce que vous avez commencé : aimer cette femme comme un homme.

Père et fils pénètrent dans l'espace en terrain conquis, avec la force de l'habitude, sans se poser la question de savoir où commence et où termine la maison. Et à les regarder prendre place dans le canapé géant du salon, je comprends que je ne serai jamais invité chez Alice pour célébrer un heureux événement autour d'un poulet du dimanche. Dans un sens cette certitude me rassure car je n'ai plus du tout besoin de lui rendre visite, enfin je crois, et puis non, j'en suis sûr. Alice est contre ce genre de manière, c'est sa façon à elle de vanter les mérites de l'amour exclusif et d'appliquer son credo à la lettre : quand c'est fini, c'est fini.

Je sers nos invités, Laurence prend beaucoup de plaisir à faire durer les présentations, par amour ou par jalousie je ne sais pas, et je reste convaincu qu'afficher son bonheur à la barbe de ses anciens amours est un moyen honteusement narcissique de se rappeler à leur bon souvenir.

Le reste de la bande arrive aussi en célibataire par ordre d'apparition dans la vie de la maîtresse de maison. Cette joyeuse mélopée rend Laurence assez fière de son coup.

François et Simon, Laurent et Pierre, Nicolas et Lucas, les anciens lits de ma femme sont installés chronologiquement, je navigue dans son périmètre sentimental dans le sens des aiguilles d'une montre. Et scrutant l'escadron, je pense chapeau bas. Jacques et Stéphane débarquent à leur tour. Jacques a l'allure du premier homme, après une poignée de main très chaleureuse il fonce embrasser une Laurence euphorique. Il la prend dans ses bras, lui fait faire quelques pas de danse et elle s'envole au milieu de ses invités, le reflet de sa joie dans les hautes fenêtres de son appartement me donne à moi aussi envie d'être heureux.

— Je t'ai préparé une surprise.

Laurence n'a pas fini sa phrase qu'on sonne à la porte.

Alma et Claire bondissent comme deux furies et me demandent de fermer les yeux.

Quand j'obtiens l'autorisation de les ouvrir à nouveau, Alice est plantée devant moi. Laurence se précipite pour l'embrasser.

— Maintenant la famille est au complet, non ?

Je ne sais pas quoi dire, c'est Alice qui dégaine la première.

— Je te présente François, mon mari.

Mon ex et ma nouvelle femme sont visiblement très complices. Les enfants décident de mettre un peu de musique et tout le monde s'embrasse à nouveau.

Le déjeuner est joyeux, Laurence est la reine de la ruche. Je ne sais plus très bien où nous en sommes, je sais seulement que si elle se lève à ce moment précis, c'est pour dire quelque chose à voix haute. Elle ne met pas longtemps à obtenir le silence.

— Je suis très fière de cette table, de mes ex-maris, de mes anciens amants, des pères de mes enfants. Je suis heureuse de leur présenter Antoine, je suis heureuse qu'Alice que j'ai hâte de connaître davantage soit venue. La vie n'est pas si compliquée finalement, c'est plutôt simple. Il suffit de savoir continuer à s'aimer même quand on est plus ensemble, il suffit de transmettre ça autour de nous et à nos enfants, la joie, l'amour, l'harmonie, un esprit de famille. Je suis heureuse que nous soyons parvenus à tous nous entendre et à suivre la route, car aucune route au monde n'est parfaitement droite, j'en suis la preuve vivante et je trinque à la vie, à ses tournants, à nos amours !

31

À force de voir son nom s'afficher sur mon écran, je finis par céder et décroche. Un allô sec, froid. Je suis en retard, Alma et Claire m'attendent à la sortie de l'école, une foule de parents me fonce dessus à contresens, ils viennent de récupérer les leurs, à temps.

Au téléphone mon père pleure, on dirait un enfant, surtout quand il renifle. Malgré les bruits de la rue et les cris des mômes j'entends très bien la morve se mélanger aux larmes, cette mixture de tristesse fait partir sa voix dans des aigus prépubères. Une sirène de police masque d'abord ses hurlements, ils sont de toute façon étouffés, noyés dans des spasmes que je juge inquiétants et viennent mourir dans le creux de son portable sans m'atteindre. Rien à voir avec le ton parfaitement sombre de l'engueulade qu'il m'a servie la dernière fois à cause de la fugue de Mouna.

Puis ses hurlements se métamorphosent et d'un coup dépassent les grognements de la ville. Ils montent en gamme, éclatent dans l'atmosphère, ouvrent le rideau sonore en deux.

Ses cris sont des barres de fer.

Je refuse d'entendre ce qu'il m'avoue et me protège comme je peux de cette violence. Le bruit de la rue me sert encore de bouclier même si, déjà, le brouhaha ne m'épargne plus grand-chose.

Je tente désespérément de m'abriter au plus près des voitures et des bus, essaie de me réfugier derrière un groupe d'enfants brailleurs, me cache derrière le bruit lourd d'un pot d'échappement crevé et bloque ma respiration pour fuir encore un peu sa fumée de tombeau.

Je ne veux pas entendre, je refuse catégoriquement d'apprendre la nouvelle. Ça ne m'intéresse pas de savoir que ma grand-mère est morte dix jours à peine après notre trop court voyage. Je ne tente pas de le consoler, je reste silencieux, incapable de sortir un son.

32

J'attends derrière lui. Mon père a mis son costume sombre, noué sa cravate noire et enfilé une chemise blanche parfaitement repassée. Droit comme un *i*, l'air solide, il reçoit les condoléances de l'assemblée flanqué de Laurel et Hardy, effondrées comme il se doit, brisées par un immense chagrin qui dévaste le rimmel des deux sœurs désormais tout à fait orphelines, l'œil perdu et un peu vaseux à cause du jet lag : le deuil en plein décalage horaire.

Tout le monde attend la voiture des croque-morts et le cercueil de la tortue pour un dernier hommage, sans fleurs ni couronne, et une prière à même la terre car ma grand-mère n'a pas souhaité que l'on célèbre une vraie messe, que les gens prennent la peine d'entrer dans l'église, se donnent du mal à faire semblant d'écouter un prêtre qui expliquerait avec la mine de circonstance tout ce qu'un prêtre se doit de dire dans ce genre de moment délicat, face à un auditoire en visite de courtoisie.

Et puis elle savait bien Mouna que les églises n'offrent pas les mêmes traitements à ceux qui meurent. Qu'un curé ne tient pas le même discours si on crève dans un accident, d'une longue maladie, ou si l'on s'est permis de choisir à 88 ans la date et l'heure de sa sortie.

Alors elle a donné rendez-vous à tout le monde au crématorium du coin de la rue, hors de question pour elle de se faire grignoter par les vers et les asticots ou que l'on se sente obligé de venir fleurir sa tombe au cimetière.

Mouna l'a toujours dit haut et fort :

— Les fleurs sur les tombes sentent mauvais.

La main de Laurence dans la mienne, j'imagine ma grand-mère derrière le couvercle fermé, sa crinière blanche calée entre deux oreillers. Elle attend patiemment la poussière et les retardataires qui vont la regarder mijoter de longues minutes dans les flammes de ce four tout pourri.

Mouna n'a même pas eu besoin de laisser un mot pour expliquer son geste, personne ne cherche à comprendre, tout le monde en déduit qu'elle ne s'est jamais remise du suicide de son mari chéri et a, par conséquent, décidé d'abréger son chagrin par amour en copiant sur lui.

Oui, ça arrange tout le monde de justifier, expliquer et éclairer cette mort subite et violente par quelque chose de l'ordre de l'amour d'une femme pour son mari.

Mouna s'est tuée sur la pointe des pieds après m'avoir tout raconté.

Il paraît que quand ils l'ont retrouvée allongée par terre, la tête dans un sac plastique, et qu'ils ont dégagé son visage, son rouge à lèvres brillait.

Ça ne m'étonne pas que Mouna ait tenu à rester élégante jusqu'au bout. Elle n'aurait jamais toléré de mourir malade et négligée avec un gilet trop grand pour elle, des taches de gras sur son chemisier, une chemise de nuit douteuse. Elle me le disait souvent :

— Pas de laisser-aller, même dans les petites choses.

Je revois notre premier rendez-vous aux Lilas, et notre dernier retour, cachée derrière ses lunettes noires. Je ne ressens pas encore son absence. J'ai toute la vie pour ça. Je n'écoute pas le texte qu'ont choisi de lire à deux voix mes tantes expatriées et je trouve que mon père est un con, d'avoir encore une fois fermé sa bouche. Le reste est une sensation floue face à tous ces regards que je ne reconnais plus. Puis c'est assez vite le moment où le cercueil prend la direction des flammes.

Les regards s'immobilisent pour dire l'effroi et la stupéfaction.

Le directeur de la Résidence des Lilas débarque avec son imper kaki enroulé autour de son bras.

Je suis content qu'Alma et Claire ne soient pas près de moi pour assister au barbecue géant de la tortue.

Laurence tourne la tête et pleure pour une femme qu'elle n'a jamais rencontrée.

Ma mère me fixe avec douceur, j'esquive son regard.

Mon père pleure sur ses chaussures bien cirées.

Alice m'envoie un gentil sms disant qu'elle pense à moi. L'ambiguïté de ce message est immonde et très excitante.

La fille de l'aéroport finit par faire demi-tour devant la porte d'embarquement, renonce à vivre son rêve, prend la décision de se sacrifier elle plutôt que de sacrifier tout le reste et s'embarque pour toujours vers le regret.

C'est le moment où l'on se fait rattraper par la réalité et où l'on est forcé de regarder en face ses limites.

Le cercueil de ma grand-mère s'embrase.

Au-delà du verbe et des rêves, il n'y a pas d'autre solution que de se résoudre aux adieux.

C'est le moment où Mouna me chuchote dans le creux de l'oreille :

— Fais toujours de ton mieux et ne regrette rien.

Déjà parus au Diable vauvert

Catalogue disponible sur demande
contact@audiable.com

Littérature

Juan Miguel Aguilera
La Folie de Dieu, roman, Prix Imaginales 2002, Prix Bob Morane étranger 2002
Rihla, roman
Mondes et Démons, roman
Le Sommeil de la raison, roman, Prix Masterton 2006

Ayerdhal
La Bohême et l'Ivraie, roman
Mytale, roman
Le Chant du Drille, roman
Demain, une oasis, roman, Grand Prix de l'Imaginaire 1993
Balade choreïale, roman
Chroniques d'un rêve enclavé, roman
L'Histrion, roman
Transparences, roman, Prix du polar Michel Lebrun 2004, Grand Prix de l'Imaginaire 2005
Résurgences, roman

Paolo Bacigalupi
La Fille automate, roman, Prix Hugo, Campbell, Nebula et Locus 2010

Tristane Banon
Le Bal des hypocrites, récit

Julien Blanc-Gras
Gringoland, roman, Lauréat du Festival du premier roman de Chambéry 2006
Comment devenir un dieu vivant, roman
Touriste, roman

Pierre Bordage

L'Évangile du serpent, roman, Prix Bob Morane 2002
L'Ange de l'abîme, roman
Les Chemins de Damas, roman
Porteurs d'âmes, roman, Prix des lecteurs du Livre de Poche 2009
Le Feu de Dieu, roman
Les Fables de l'Humpur, roman
Les Derniers Hommes, roman
Mort d'un clone, roman

Sylvie Bourgeois

Brèves enfances, nouvelles

Poppy Z. Brite

Self made man, nouvelles
Plastic Jesus, roman
Coupable, essai
Petite cuisine du diable, nouvelles
Alcool, roman
La Belle Rouge, roman

Octavia Butler

La Parabole du semeur, roman
La Parabole des talents, roman, Prix Nebula 1994
Novice, roman

Simon Casas

Taches d'encre et de sang, récit

Frédéric Castaing

Siècle d'enfer, roman

Thomas Clément

Les Enfants du plastique, roman

Fabrice Colin

La Mémoire du vautour, roman

Denys Colomb de Daunant

Les Trois Paradis, roman
Le Séquoia, roman
La Nuit du sagittaire, récit

Douglas Coupland

Toutes les familles sont psychotiques, roman

Hey, Nostradamus ! roman
Eleanor Rigby, roman
jPod, roman
Joueur_1, roman

TONI DAVIDSON
Cicatrices, roman
Intoxication, anthologie

WENDY DELORME
Insurrections ! En territoire sexuel, récit

YOUSSOUF AMINE ELALAMY
Les Clandestins, roman, Prix Atlas 2001

WARREN ELLIS
Artères souterraines, roman

JAMES FLINT
Habitus, roman
Douce apocalypse, nouvelles
Électrons libres, roman

CHRISTOPHER FOWLER
Démons intimes, nouvelles

CATHERINE FRADIER
Cristal Défense, roman, Prix Polar Michel-Lebrun 2010
La Face cachée des miroirs, roman

JOSÉ FRÈCHES
Le Centre d'appel, roman

NEIL GAIMAN
Miroirs et Fumée, nouvelles
American Gods, roman, Prix Hugo 2002, Bram Stoker, Locus, Nebula 2003, Bob Morane
Anansi Boys, roman
Stardust, roman
Des choses fragiles, nouvelles, Prix de l'Imaginaire 2010
Neverwhere, roman

NEIL GAIMAN, TERRY PRATCHETT
De bons présages, roman

NIKKI GEMMELL
La Mariée mise à nu, roman
Plaisir, récits et conseils

WILLIAM GIBSON
Tomorrow's parties, roman
Identification des schémas, roman
Code source, roman

GIN
Bad Business, roman

XAVIER GUAL
Ketchup, roman

THOMAS GUNZIG
Mort d'un parfait bilingue, roman, Prix Victor Rossel 2001, Prix Club Med 2001
Le Plus Petit Zoo du monde, nouvelles, Prix des Éditeurs 2003
Kuru, roman
10 000 litres d'horreur pure, roman, Prix Masterton 2008
Assortiment pour une vie meilleure, nouvelles

NORA HAMDI
Des poupées et des anges, roman, Prix Yves Navarre 2005
Plaqué or, roman

SCOTT HEIM
Mysterious Skin, roman
Nous disparaissons, roman

GRÉGOIRE HERVIER
Scream test, roman, Prix Polar derrière les murs 2007, Prix Méditerranée des lycéens 2007, Prix Interlycées professionnels de Nantes 2007
Zen City, roman

ANDRÉS IBÀÑEZ
Le Monde selon Varick, roman
L'Ombre de l'oiseau-lyre, roman

ALEX D. JESTAIRE
Tourville, roman

AÏSSA LACHEB
Plaidoyer pour les justes, roman
L'Éclatement, roman
Le Roman du souterrain, roman
Dans la vie, roman

LOUIS LANHER

Microclimat, roman

Un pur roman, roman

Ma vie avec Louis Lanher, nouvelles

Trois jours à tuer, roman

PHILIP LE ROY

Couverture dangereuse, roman

Evana 4, roman

Le Dernier Testament, roman, Grand Prix de Littérature policière 2005

La Dernière Arme, roman

La Dernière Frontière, roman

TITIOU LECOQ

Les Morues, roman, Prix du premier roman du Doubs

MARIN LEDUN

Modus operandi, roman

Marketing viral, roman

TAO LIN

Richard Yates, roman

LYDIA LUNCH

Déséquilibres synthétiques, nouvelles

Paradoxia, récit

YOUCEF M.D.

Je rêve d'une autre vie, roman

Le Ghost Writer, roman

ANTOINE MARTIN

La Cape de Mandrake, nouvelles

MIAN MIAN

Panda sex, roman

ROMAIN MONNERY

Libre, seul et assoupi, roman

JAMES MORROW

En remorquant Jéhovah, roman

Le Jugement de Jéhovah, roman

La Grande Faucheuse, roman

Le Dernier Chasseur de sorcières, roman

L'Apprentie du philosophe, roman

Xavier de Moulins

Un coup à prendre, roman

Ce parfait ciel bleu, roman

Dan O'Brien

Les Bisons du Cœur-Brisé, récit

Rites d'automne, récit

Anne Plantagenet

Manolete, biographie

Eddie Pons

Scènes d'arènes

avec Jacques Durand

Petit nécessaire de toilette

Prix Hemingway

Toreo de salon et autres nouvelles, anthologie 2005

Pasiphae et autres nouvelles, anthologie 2006

Corrida de muerte et autres nouvelles, anthologie 2007

Aréquipa, Pérou et autres nouvelles, anthologie 2008

Le Frère de Pérez et autres nouvelles, anthologie 2009

Brume et autres nouvelles, anthologie 2010

Pas de deux et autres nouvelles, anthologie 2011

Pulsatilla

La cellulite, c'est comme la mafia, ça n'existe pas, bioroman

Dee Dee Ramone

Mort aux Ramones ! autobiographie

Vincent Ravalec

Une orange roulant sur le sol d'un parking..., poème

avec Jean-claude Denis

Proprio / Comment financer sa retraite en devenant (un bon) propriétaire, nouvelle / guide pratique

Nicolas Rey

Treize minutes, roman

Mémoire courte, roman, Prix de Flore 2000

Un début prometteur, roman

Courir à trente ans, roman

Un léger passage à vide, roman, Prix roman-ciné Carte Noire 2010

Céline Robinet
Vous avez le droit d'être de mauvaise humeur..., nouvelles
Faut-il croire les mimes sur parole ?, nouvelles
Anna Rozen, Philippe Leroyer
Demain, roman
Et plus si affinités, humour
Régis de Sa Moreira
Pas de temps à perdre, roman, Prix Le Livre Élu 2002
Zéro tués, roman
Le Libraire, roman
Mari et femme, roman
Jacky Siméon
Le Cours du destin, roman
Neil Strauss
The Game, récit
Les Règles du Jeu, guide pratique
Emergency, récit
Tricia Sullivan
Maul, roman
Matt Thorne
Images de toi, roman
avec Nicholas Blincoe
Les Nouveaux Puritains, anthologie
Coralie Trinh Thi
Betty Monde, roman
La Voie Humide, autobiographie
Michael Turner
Le Poème pornographe, roman
Milos Urban
Les Sept-Églises, roman
Tristan-Edern Vaquette
Je gagne toujours à la fin, roman, Prix Goya 2003
Bernard Vargaftig
Coffret livre-DVD, poésie
Cécile Vargaftig
Fantômette se pacse, roman

Les Nouveaux Nouveaux Mystères de Paris, roman
MARC VASSART
Le Serval noir, roman
DAVID FOSTER WALLACE
Brefs entretiens avec des hommes hideux, nouvelles
Un truc soi-disant super auquel on ne me reprendra pas, essais
La Fonction du balai, roman
La Fille aux cheveux étranges, nouvelles
C'est de l'eau, allocution
IRVINE WELSH
Recettes intimes de grands chefs, roman
Porno, roman
Glu, roman
Trainspotting, roman
ALEX WHEATLE
Redemption Song, roman
Island Song, roman
JOELLE WINTREBERT
Pollen, roman, Prix Rosny-Aîné 2003

COLLECTION VO. X
BENOÎT BASTIDE
Un homme moderne
JEHAN-RICTUS
Les Soliloques du pauvre
FÉLIX JOUSSERAND
Basketville
OXMO PUCCINO
Mines de cristal

À 20 ANS
LOUIS-PAUL ASTRAUD
Gustave Flaubert à 20 ans
Jean Genet à 20 ans
ANNE-MARIE BARON
Honoré de Balzac à 20 ans

Marie-Christine Jeanniot
Marguerite Duras à 20 ans
Marie Céline Lachaud
Colette à 20 ans
Jean-Pascal Mahieu
Marcel Proust à 20 ans
Claude Mazauric
Jean-Jacques Rousseau à 20 ans
Luce Michel
Ernest Hemingway à 20 ans
Claudine Plas
Boris Vian à 20 ans
Macha Séry
Albert Camus à 20 ans

Documents

Clémentine Autain (sous la direction de)
Postcapitalisme
Angela Davis
Les Goulags de la démocratie
Joseph Francis
Itinéraire d'un Libanais devenu patron responsable et citoyen français
Patrick Herman
Les Nouveaux Esclaves du capitalisme
Clinton Heylin
Babylon's burning
Chris Irwin
Les chevaux ne mentent jamais
Gérard Laudinas
Journal d'une curée de campagne
Hélène Mandroux
Maire courage, entretiens avec Jean Kouchner
Vincent Ravalec, Mallendi, Agnès Paicheler
Bois Sacré, initiation à l'iboga
Charles Silvestre
La Torture aux aveux, pamphlet

Axelle Stéphane
Les filles ont la peau douce
Martin Winckler
Contraceptions mode d'emploi
Les Miroirs obscurs
Francis Wolff
L'Appel de Séville, allocution
avec Annie Maïlliset (sous la direction de)
D'un taureau l'autre, colloque
Howard Zinn
Une histoire populaire des États-Unis pour les ados, vol. 1 : 1492-1898 – La conquête, document
Une histoire populaire des États-Unis pour les ados, vol. 2 1898-2006 – Les conflits, document
Une histoire populaire des États-Unis pour les ados, coffret 2 volumes
Slavoj Žižek
Violence – Six réflexions transversales

Albums

Action contre la faim – Jane Evelyn Atwood, Claudine Doury, Isabelle Eshraghi, Brigitte Grignet, Laurence Leblanc
Misère urbaine : la faim cachée
François Ascher, Mireille Apel-Muller / IVM
La rue est à nous... Tous !
John Cale, Victor Bockris
John Cale, une autobiographie
Collectif – Michel Boissard, Alain Gas, Serge Velay
Visas pour le Gard
Éric Delhaye, Jérémy Bernède
25 ans Rockstore
Christophe Deroubaix, Gérard Le Puill, Alain Raynal
Les Vendanges de la colère
Antoine Dole, Sté Strausz
Fly Girls
Gilles Favier, Muriel Gremillet
Merci patron

José Frèches
Créateurs du nouveau monde
Hélène Seingier, Anaïs Choteau, Chrytèle Lacène
Secondes chances

Graphic
Jean-Jacques Beineix, Bruno de Dieuleveult
L'Affaire du siècle t. I – Château de vampire à vendre
L'Affaire du siècle t. II – Vampire à louer
Virginie Despentes, Nora Hamdi
Trois Étoiles
Neil Gaiman, Dave McKean
Violent Cases
Signal / Bruit
Jung Kyung-A
Femmes de réconfort
Amruta Patil
Kari
Eddie Pons
Tout et n'importe quoi sur le cigare

Beaux Livres
Joe Strummer, Mick Jones, Paul Simonon, Topper Headon
The Clash
U2
U2 by U2

Cet ouvrage a été imprimé
en février 2012 par

CPI
FIRMIN-DIDOT

27650 Mesnil-sur-l'Estrée
N° d'impression : 109761
Dépôt légal : février 2012

Imprimé en France